親愛なる

いとうせいこう

河出書房新社

親愛なる

こんなメイルが貴方の郵便箱に届いていたはずなのですが。

第一信

Subject: 親愛なる

Date: Tue, 7 Oct 1997 21:45:15 +0900(JST)

From: 親愛なる者より／いとうせいこう 〈seiko@×××.jp〉

To: you@×××.jp

長いメイル、確かにいただきました。

僕は今、リマのホテルで返信を書いています。

人質事件も記憶に鮮明なペルーの状況を見ておきたいと願い（なにしろ大好きな国で、これが三度目なのでした）、とんでもない時間をかけてやってきたリマでは、反フジモリのデモがさかんに行われています。

親しい日系三世のコーディネーターに、日本人はなるべく外に出るなと言われ、大統領官邸に近いホテルの窓から事態の推移を見守る毎日。仕方なく、明日はセスナでナスカ見物でもしようかとさえ思っています。

もちろん、ペルーと日本の長い関係について思いをめぐらせながら……。

そこに見ず知らずの貴方《あなた》から、長大なメイルが届いたわけです。

メイラーが壊れてしまうのではないかと心配になり（以前、そんなことがあって懲《こ》りているのです）、あわててエディタに保存して、メイル本体を削除しようと思ったほどでした。

ちなみに、四百字詰めで計算して三十枚弱あったこと、ここに御報告しておきます。そんな長さのメイルは生まれて初めていただきました。次からは是非、時候の挨拶《あいさつ》を添付書類にして下さい。ひらにお願いいたします。

いや、時候の挨拶を含めてすべてを添付書類にして下さった方がいいかもしれません。それだけですでに四百字詰めで二枚ありました。読みながら、これはもう、ひとつの芸ではないかと感服した次第です。

拝啓
さわやかな若葉の頃も過ぎたとはいえ、鬱陶《うっとう》しい梅雨《つゆ》にはまだ少し時間があり、公園や人家の庭に立つ樹木のあちこちから小さな緑色の生命が、まるで若者の汗のごとく自然に噴き出し続けている様子、ついつい目を見張ればこちらの心の中にも穏やかな風が吹き渡り、その度血液の中に酸素ばかりか不思議なエネルギーを送り込まれているようで、

と、なぜか数カ月も前の六月の気候を、微に入り細にうがつタッチで描写し始める冒頭は(しかも、四百字詰めでたっぷり二枚分、句点なしで続いています)、あのウィーンが誇る作家ムージルの未完の大作『特性のない男』の始まりを思わせたものです。
有名な書き出しを引用すると、確かこんな具合です(すさまじい書き出しなのでよく覚えているのです。つまり、『枕草子』みたいなものですね)。

大西洋上に低気圧があった。それは東方に移動してロシア上空に停滞する高気圧に向かっていたが、これを北方に避ける傾向をまだ示してはいなかった。等温線と等夏温線はなすべきことを果たしていた。気温は、年間平均気温とも、最寒の月と最暖の月の気温ともそしてまた非周期的な月の気温の変動とも、規定どおりの関係を保っていた。

このまま気象の描写は長く続き、ようやくいったん帰結します。

以上の事実をかなりよく一言で要約するとすれば、いくらか古風な言い回しにはなるけれども——それは、一九一三年八月のある晴れた日のことだった。

そんなことなら初めから、「一九一三年八月のある晴れた日のことだった」と書き出してくれればいいものを、ムージルは天文学的な年表だの、大気中の水蒸気の様子だのを持ち出してきて、ようやくそのあとで「一九一三年八月のある晴れた日のことだった」とやるのです。余談ですが、僕はこの『特性のない男』を四巻まで買い、あとは読むのをあきらめたものでした。

ですから(ですからと言うのもおかしな話ですが、どうぞ気持ちをくみとって下さい)、メイル自体には短く「親愛なる」とだけ書いて下さい。あとは添付書類の方で読みます。

……もし失礼でなかったら、時候の挨拶そのものを抜きにしていただけませんでしょうか?

さて、通常、知らない方から長いメイルをもらうのは多少なりとも不愉快なものです。読み込みを待つ時間に比べて、内容が今ひとつ面白くないことが多いので、僕は普通最初の数行にだけ目を通してすぐに捨ててしまいがちです。

ところが、貴方からのメイルは冒頭からして奇妙な魅力を持っておりました。一体なんのために、このメイルをお出しになったのか。そんな疑問がふつふつとわく中、貴方はぐんぐんと筆を進め、いつの間にか、抱腹絶倒の旅行失敗談など始めます。

僕は〝もしかしたら、知りあいと間違えて出したメイル〟なのではないかといぶかしみつつも、読むのをやめることが出来ず、没頭さえしてしまったものです。

サウジアラビアの田舎で下痢《げり》になりかけた話など、そのまま短編小説に仕立てたいほどでした。特に以下の部分。

ところが、どうでしょう。腹を押さえてうずくまる私の横に、同じ格好をしてうずくまる人々がいるのです。ちょうど祈りの時間が来ており、彼らはメッカの方向に敬虔《けいけん》な祈りを捧げていたのでした。私はあろうことか、偶然メッカを向いて倒れていたというわけです。

「お願いします。トイレはどこか教えて下さい」

必死にそう言ったのですが、彼らは片言の英語を理解してくれず、むしろ〝東洋人のイスラム教徒が熱心に祈っている〟と感心するあまり、次々と私のそばに集まってうずくまる始末。私は群衆にはさまれた格好で腹痛に耐え続けなければなりませんでした。神聖な祈りの横で漏らしてしまうなどということは倫理上許されないばかりか、生命の危険をも意味すると思ったのです。

ここなど読むと、貴方が男性であるとしか思えないのですが、一方韓国はソウルでのラブ・ロマンスのくだりでは、一転して女性的に見えてきます。長い文章であれば、必ず男女の別がわかるものなのですが、どうも貴方のメイルはその決定打をうまく避けて書かれているようにも思えるほどです。

しかも、書き出しの調子からはかなり年齢の高い方だとお見受けしたのですが、以下の部分などはむしろ年下を連想させます。

そこで私は、いつでもバッグの底にしのばせてあるスニーカー・カタログを取り出して、型番を確認したのでした。

まぎれもなく、それはビンテージ・ナイキ！　特に青のソールはまずお目にかかれないと言われるスペシャルものです。

サイズは超ビッグですが、自分がはけなくても買ってしまうのが悲しい性《さが》……。

こうして、私はまた残り少ない資金を使ってしまったのでした。

とはいえ（貴方の正体はともかくとして）、〝残り少ない資金〟を惜しげもなく使ってしまうのは、いかがなものでしょうか。

知人でもないのに、こんなことを申し上げるのは大変失礼だとはわかっているのですが、貴方は少しお金にルーズなところがありはしないかと思うのです。

いや、僕はいまや知人以上の立場かもしれません。なぜならば、貴方から借金を申し込まれているからです。

こんなことをお願いする相手が、恥ずかしいことですが、私にはありません。

見聞を広めるために日本を出て、はや半年あまり。

にっちもさっちも行かない状況におちいっております。

必ずお返しすることを条件に、また私の海外での体験を御自由にいとうさんのものとして使っていただくことを条件に、どうか少しでいいのです。送金していただけないものでしょうか。

日本円でけっこうです。こちらで両替いたします。

もちろん、大変なことは理解しております。しかし、まず初めに御両親、あるいは御親戚に急ぎ便りを出してみてはいかがなものでしょうか。

書きにくいことですが、お金のトラブルというのはお互いにいやなものです。これほどまでに僕を楽しませて下さった貴方との新しいメイル関係を壊してしまうのが、もったいないのです。

また、僕も今海外におります。自由に出来るものも、そう多くはありません。しかも、貴方の思ってらっしゃるほど、僕は財産を持っていないのです。


なんでも、いとうさんは庭園をお持ちとのこと。そこで花々を育て、その様子をホームページで発表しているとのうらやましいお話を聞きました。

私も草花は好きで、将来は自分の庭を持ち、そこに四季ごとに咲く花を持とうと考えています。

しかし、実際読んでいただければわかりますが、庭園などという贅沢《ぜいたく》なものは夢のまた夢。是非、ホームページをのぞいてみて下さい。そこには、マンションの狭いベランダを工面して植物にいれあげる僕の小市民的な姿が描かれております。
http://www.kawade.co.jp/dear/you.html

ここに行ったら、隠しページを探してみて下さい。その隠されたページの中に、僕のベランダでの様子が描かれています。

さらに言いにくいことですが、貴方はメイルにこう書いていらっしゃいます。

ただ今、ようやく台湾にたどり着き、台北《タイペイ》の安宿で日本への旅費を待つ毎日です。
どんな毎日かというと、

このあと、またまた抱腹絶倒の日々が書かれていて、実に面白く読んだのですが、しかしながら、貴方のメイルの冒頭にあったあの長い時候の挨拶によると、貴方自身は日本にいらっしゃるとしか思えないのです。
いえ、まさか、嘘を書いているなどと言うのではありません。

僕は貴方を信用しております。本当です。

ただ、もうひとつ書かせていただけば、例の下痢事件の初めに貴方はこうお書きになっています。

それは、サウジアラビアの首都ドーハから列車で数時間の田舎町でのことでした。

細かいことですが、ドーハはあの日本サッカー・ファンが涙をのんだカタールの首都ではないでしょうか。サウジアラビアならリヤドだと思われます。

ともかく、おそらく貴方は長い旅が続くうちに、かなり混乱なさっているのではないかと思うのです。

ですから、ここはひとつ一度冷静になっていただき、見ず知らずの僕などより、もっと信頼出来る方を思い出してみるべきではないかと考えます。

大変長く書いてしまいました。

ともかく、僕は貴方にお金を工面するほどの度量がございません。度量どころか、残高もそう多くはないのです。その意味では、いくらでも他に適任者はいるように思われます。

これで気を悪くなさらぬよう祈っています。
お互いに旅先で体を壊さないよう、気をつけましょう。
では、乱筆乱文失礼いたしました。

いとうせいこう拝
Sincerely yours, Seiko Ito

第二信

Subject: 親愛なる

Date: Wed, 19 Nov 1997 20:08:56 +0900(JST)

From: 親愛なる者より／いとうせいこう 〈seiko@×××.jp〉

To: you@×××.jp

メイル、確かにいただきました。

僕は現在、東京に戻って来ております。

このところ海外に出る機会が多かったのですが、なぜかモジュラージャックに恵まれず、メイルがうまく読めずにいました。

そして、帰国してからたまったメイルを読み、貴方からの手紙に気づいたわけです。

御返事、必ず書きますが、少し時間を下さい。色々と混乱していることがあり、一日ほど考える時間が欲しいので、この短いメイルをお送りした次第です。

長いメイルは必ず明日。

ひとつだけ確認させて下さい。

貴方のアドレスはyou@×××.jpでよろしいんですよね？　なんにせよ、くわしいことは明日。

いとうせいこう拝
Sincerely yours, Seiko Ito

第三信

Subject: 親愛なる
Date: Thu, 20 Nov 1997 10:45:24 +0900(JST)
From: 親愛なる者より／いとうせいこう 〈seiko@×××.jp〉
To: you@×××.jp

一カ月ぶりですね。

しかも、二通のメイルをいただきました。

おかげで、僕は今、混乱しています。

どう返信を書いていいのか、この二、三日迷いました。

しかし、いつまでも放っておくわけにもいかず、こうしてコンピュータの前にいるわけです。

まず、こんな風に質問させて下さい。

you@×××.jpというアドレスを持つ貴方は、この世にたった一人しかいないのでしょうか？

つまり、貴方は本当に一人の人間ですか？

僕がなぜいきなりそのようなおかしな言葉を書きつけたのか。

ここで、貴方からの二通のメイルのうちのひとつを引用させていただきます。なにしろ、メッセージ自体は、非常に短いものですから、すべてを引用いたします。


返事を書かないといと思いながらも、受信簿に置いたまま忘れていました。

先日いただいた「いとう」さんからのメイル、私には心当たりがございません。

私は世界中を旅したこともありませんし、ましてや見ず知らずの方に借金を申し込むような人間でもありません。

たぶんアドレスをお間違えだと思います。

お確かめの上、再送なさって下さい。

特に気分を害しているわけではないので御安心下さい。

それでは。

これにはヒヤッとしました。

なにしろ僕が送ったのはやたらに長い返信でしたし、内容が内容でした。大変申し訳のないことをしてしまった、と反省しきりだったのです。本当です。

ところが、あわてて僕がもらった一通目のメイルや、自分が送ったメイルを確認してみると、アドレスが間違っている様子がないのです。何回も何回も、僕は確認しました。

けれど、どちらも、you@×××.jp に間違いありません。


もちろん、インターネット上ではわけのわからないことが起こります。先日も友人が僕にメイルを送ったというのですが、なぜか僕と苗字が同じ某ミュージシャンに届いてしまったそうです。

友人はその人と面識がなかったので、どこでどう誤配が起きたのか見当もつかないと言っていたものです。

前回の僕のメイルも、そんなトラブルから誤配されてしまったのではないか？

しかし、そう考えて、すぐに謝りのメイルを書き始めたまさにその時、もう一人の貴方から長い手紙が届いたのでした。


お久しぶりです。

先日は、わざわざ丁寧な返事を書いて下さってありがとうございました。

おっしゃる通り、時候の挨拶は添付書類にまとめてあります。一生懸命書いていたら、前回以上の長さになってしまったもので。

日本を離れて長い年月を過ごすと、時候の挨拶が懐かしくなるのかもしれませんね。


さて、私が今、どこにいるか想像してみて下さい。

この一カ月、メールが書けなかった理由がそこにあるのです。

船に揺られて台北から一カ月。

なぜか、私は北アフリカに上陸し、アラブ文化の花咲く都市をさまよっているというわけです。


まずは遠洋漁船での一カ月、台湾からシンガポール脇を抜けて西へ西へと移動した毎日についてお知らせしたいと思います。


しかし、その前にひとつ。

ペルーの事件へのコメントから始まっていたメール、驚きました。

あれじゃ、まるであなたが1997年にいるみたいじゃないですか?

どういうマジックを私にかけようとしておられるのやら……。


長い長いメイル……しかも、アドレスは前回と同じです。

そして、〝たぶんアドレスをお間違えだと思います〟とお書きになった貴方のアドレスとも同じ。

you@×××.jp

これは一体どういうことなのでしょう?

実は貴方に……と書いて、どちらを指しているのかわからなくなりました(笑)。

とりあえず、短いメイルで誤配を指摘した貴方を〝短い貴方〟と呼び、長いメイルを下さった貴方を〝長い貴方〟と呼ぶことにさせて下さい。

その上で、この返信がどちらの貴方にも届くことを願いながら、それぞれの貴方にメッセージを書きたいと思います。


では、ひとまず短い貴方へ。

『僕のメイルソフトが不具合を起こし、貴方とは別の人物からのメイルのアドレスを書き換えている可能性があります。

これは大変申し訳のないことですから、すぐにソフトを替えますのでお待ち下さい。所属プロバイダにも連絡しておきますので、御容赦いただきますようお願いします。

しかし、もうひとつの可能性としては、貴方のアドレスが盗まれている恐れがあります。

いや、アドレスどころかパスワードまで漏れている。

そうでなくては、こんな事態は起きようがありません。

確認のため、質問させて下さい。
you@×××.jp
以上のアドレスは、確かに貴方のものでしょうか？
御返信下さいませ』

続いて、長い貴方へ。

『そんなわけで、僕のメイルソフトが不具合を起こし、貴方とは別の人物からのメイルのアドレスを書き換えている可能性があります。

これは大変申し訳のないことですから、すぐにソフトを替えますのでお待ち下さい。所属プロバイダにも連絡しておきますので、御容赦いただきますようお願いします。

しかし、もうひとつの可能性としては、貴方のアドレスが盗まれている恐れがあります。

いや、アドレスどころかパスワードまで漏れている。

そうでなくては、こんな事態は起きようがありません。

確認のため、質問させて下さい。
you@×××.jp
以上のアドレスは、確かに貴方のものでしょうか？
御返信下さいませ』

二人の方へのメイルをそれぞれ並べて書くなどという不自然、まことに心苦しいのですが、今のところ短い貴方と長い貴方のアドレスがまったく同じなので仕方がないのです。なにとぞお許しいただきたいと思います。

しかし、これで返信を見さえすれば、この奇妙な事態にも決着がつくものと思われます。

果たしてどちらがニセ you@×××.jp か？

なんだかニセ黄門の巻みたいなことになってしまいましたね。

さて、ここで短い貴方には申し訳ないのですが、長い貴方からのメイルに返信を書かせていただきます。最後に短い貴方へもメッセージがありますから、そこだけは読んでいただくよう、お願いいします。

重ねて言いますが、今のところ短い貴方と長い貴方のアドレスがまったく同じなので仕方がないのです。

さて、長い貴方。

貴方はここまで読み進むうちにかなりイライラしたことと推察いたします。いわば他人の手紙のやり取りに付き合わされた形ですし、御自分のメイルの内容が無断で知らない人に転送されていたと言っても過言ではないのですから。

でも、僕の当惑も想像してみて下さい。

あれだけの長いメイルに返信をしたあげく、〝私はそんなメイルを送っていません〟と言われてしまうのですから(あ、ここの部分ですが、別に短い貴方を責めているわけではないんです。御理解下さい……本当に面倒なことになってきました)。

実にその、なんと言うか、狐につままれるという言葉の感覚がこんなにもふさわしかったのは初めてでした。実際、今でも僕は何かに鼻先をつままれ、からかわれているような気持ちでいます。もしくはインターネット・タヌキに化かされ、気づいたら自分の頭の上にも葉っぱを乗せられていそうな気分。

こんなことってあるんですね。

船を降りたのは、八月十五日の深夜二時。

そこはモロッコの北、カサブランカ近くのラバトという町でした。最初は真っ暗で薄気味悪く、さてそれからどうしていいものやらとうろたえてしまったものです。出来れば、近くにあるカナリア諸島で降りてしまいたかった。台湾の漁師さんが教えてくれたところでは、カナリア諸島のひとつグラン・カナリアには日本の漁船も泊まるとのこと。

それなら、いっそそこで下船して、カナリア飛び交う島の暮しを楽しんでもよかったわけです。

実は僕はこの島に行ったことがあります。

八月十五日には確か聖母マリアにまつわるスペイン領土共通の祭が行われていたはず。残念でしたね（そう、カナリア諸島はスペイン領なんですよ）。

ひとつ付け加えておくと、カナリア諸島にカナリアは飛び交っていません。古代ローマの歴史書に〝大型の犬がたくさんいたので、犬の島と呼ばれた〟と書かれていたそうで、犬が

CANIS、犬の島はCANARIA。それがカナリアの由来なんです。

豆知識というものは、なんとなく披露したくなるものですね。

それはともかく、貴方はなんでまた遠洋漁業船などに乗ってしまったんでしょう？ ヒッチハイクのつもりにしては大胆に過ぎる感じがします。

台湾から一カ月で北アフリカ停泊というのも、どうも信じがたいところで、実はまだ台北にいるんじゃないかと疑ってもいます。

だって、そうでしょう？ 旅行の資金が底をついているのに、わざわざ日本から遠ざかってしまうなんて……。


こちらではけっこうワイロがいります。

昨日も、タンジールまで行ってみようと貨物船に乗り込んで見つかり、警察沙汰になりかけたのですがなけなしの金を払って許してもらいました。


ワイロも問題ですが、無銭乗船をする貴方がまずどうかしています。無茶ばかりして、その後始末を知人でも親戚でもない僕に頼むというのは、どう考えても変な話です。

しかも、貴方は反省するどころか、さらに無茶をして今度はカサブランカに移動してるじゃありませんか。なんでそんなにあちこち動き回りたいんでしょう？　タンジールなら北の岬を見たいのだなと想像しますし、カサブランカなら映画を思い出します。でも、貴方はどっちでも行ければいいと考えている。

　そんなに無鉄砲な旅行者なんて聞いたことがありません。

　そもそも、台湾からいきなり北アフリカに行っているんですよ。


　そんなわけで、必ず返します。

　絶対に返しますから、さっき書いた銀行口座まで振込みをお願いします。


　先日も書いた通り、僕には自由に出来るお金がないんです。

　貴方に僕の人生の色々を説明する気はありませんが、ともかく事情あって、自分の生活を考えるので精一杯なのです。

　だいたい、貴方は怪し過ぎます。

　メイルに書いてくれる話はどれも面白いし、旅行記でも書いたらどうだろうと思うほどですが、どこかが必ず怪しい。

　前回の繰り返しになりますが、もっと信頼出来る御友人などがいるはずです。どうかその方に御連絡下さい。もし切手にも事欠くようなら、次のメイルに相手の方の御住所などを書いておいていただけますでしょうか。すぐに僕が代筆します。

ですから、その……ここでは銀行の名前は書きません。他の人も読んでいるメイルですから、とりあえず虚構センター線ターミナル駅前のその銀行とだけ書いておきますが（貴方が利用しているその駅周辺のことを、僕はよく知っているのです。こいつは偶然ですね）、そこにお金を振り込むことは不可能です。

どうか御理解下さり、くれぐれも無茶な移動をなさらぬよう、他人ながら祈っております。


さて、ここで最後に付け加えておきたいことがあります。

これは、どちらの貴方にも宛てたメッセージです。

書きにくいことですし、僕の見当違いかもしれませんから、お怒りにならないように読んで下さい。


短い貴方、並びに長い貴方へ。


『もしかしたら、貴方は僕をからかってはいませんか？

つまり、貴方はつまるところ同一人物で、その一人の貴方がふたつのメイルを書き分けているのではないかとも思うのです。

というか、それが一番自然なことではないでしょうか？

例えば、貴方は世界中を旅行などしておらず、別にお金に困ってもいない。

しかし、ちょっとしたいたずらで僕にメイルを書いた。

あるいは、貴方はやはり世界中を旅してしまう人で、なんと台湾から北アフリカまで漁船で渡ってしまい、その船旅の途中で僕への借金申込みに良心の呵責《かしやく》を感じたため、一度すべてをチャラにしたくて〝私はそんなメイルを送っていません〟と書いた。

しかし、やっぱり必要なお金があって、長いメイルを送り直すことにした。


どちらにしても、おかしな話です。

どうかこれ以上、僕をからかわないようお願いいたします。

最後に確認のため、もう一度だけ質問させて下さい。
you@×××.jp
以上のアドレスは、確かに貴方のものでしょう？
そして、貴方はたった一人の貴方なんでしょう？』

では、失礼します。

いとうせいこう拝

Sincerely yours, Seiko Ito

第四信

Subject: 親愛なる
Date: Thu, 27 Nov 1997 20:24:46 +0900(JST)
From: 親愛なる者より/いとうせいこう 〈seiko@×××.jp〉
To: you@×××.jp

まったく驚きましたよ、
韓国の首都ソウルに伝統舞踊を見に出かけていたのです。まったくあてもなく友達と三人で。

運よくあちらの無形文化財クラスの方々とお会いすることが出来、そのつてでたくさんの舞いや音楽を堪能《たんのう》しました。

しかし、東京に帰ると大変なことが起きていたのです。

前回送ったメイルを覚えていますよね？

こんなしめくくりでした。

最後に確認のため、もう一度だけ質問させて下さい。
you@×××.jp
以上のアドレスは、確かに貴方のものでしょう？
そして、貴方はたった一人の貴方なんでしょう？

なんだか、深夜に自転車の登録番号を確認する警官の職務質問みたいな調子ですが、それも無理からぬことでしょう。なにしろ、僕は混乱していたのです。同じアドレスに宛てたメイルに対して、ふたつの異なった返信が来てしまったのですから。


ところが。

ところが、です。

その質問に対して、一体何通のメイルが返って来たと思いますか？


私はそのメールを書いた人物ではありません。もしも私が一人の人間なのだとしたら、私は私自身を解離性人格障害と思う他ない。つまり、貴方は私を脅かしています。

貴殿にメールを出すのはこれが初めてです。

ですから、短い〝私〟も、長い〝私〟も私ではありません。

あなたがいたずらで、いとうせいこうさんの名前をかたり、私にメールを送りつけているのでしたら、やめて下さい。大変に迷惑しています。

そもそも、発信日時に1997とあるのは大変迷惑です。そちらの時計が間違っているのか、メールボックスの一番下に入ってしまい、困ってます。これは何かのハッキングの始まりですか？

以上はほんの一例です。

中には今にも僕を訴えかねない勢いのものや、調子づいて自分も借金を申し込む内容のもの、あるいは知らない国のフォントを使っているらしく、完全に文字化けしているものまでありました。

返信されたメイルの総数はこの際、書かないでおきます。ともかく、数えるのも面倒なほどたくさんの手紙が、ソウルで舞いに興じていた僕の郵便受けに届いていたという事実だけをお伝えしたいと思います。

僕はあまりのことに数日間茫然としたままでいました。

それはそうでしょう。一通の手紙の宛先がふたつに分裂しただけで混乱していたというのに、その宛先があたかも受精卵の分割のように幾何級数的に増殖し、一斉に僕に向けて返事を書き送ってくるのです。

それもどうやら「過去の僕」に。

今生きている僕にでなく、1997年の僕に。

やがて僕はすべてのメイルを丹念に読み直すことを始めていました。

なぜなら、一様に『RE：親愛なる』と題されているメイルの群れには、不思議なことにある一定の雰囲気が漂っていたからです。

「それは自分が出したメイルではない」と頑強に否定しながらも、必ずそこはかとない罪悪感を抱いているような影。

自分が出したメイルではないものに返信が来ていることを、実はどこかで当然のことのように承知しているムード。

何かを隠しているらしき、怪しくうっすらとした匂い。

親愛なるyou@×××.jp。

いや、ここは「親愛なる者たち」と呼びかけましょう。

どうやら、貴方たちは全員グルなのですね？

グルなどと表現すれば、また叱られるかもしれません。

ですから、こう言い換えましょうか。


親愛なる者たちへ。

貴方たちはあるひとつのルールを持った集団なのでしょう?

つまり、まるで何かの会員のように規則を持ち、僕が書いたこのたったひとつのメイルを全員で読み得るシステムをお持ちなのではないですか、ということです。

僕の推測はこうです。

あれだけの数の返信を受け取ってしまえば、もはや一番最初にメイルをくれた人物を特定することも馬鹿らしいのですが、仮にその人を「親愛なる×××」としましょう。

その親愛なる×××さんはどうやらお金に困っていました。

そこで、自分の持っているアドレスで商売を始めた。

パスワードを教えるかわりにわずかな見返りをもらい、メイルの読み書きを自由にしてよいという契約をしたのです。

もちろん、複数の人間がそのアドレスを使ってメイルを書けば、おのおのへの返信が混乱します。しかし、契約者全員が特定のメイルグループだとすればどうでしょう。

親愛なる×××がまず、いたずらメイルを誰かに一通送り、自分宛てにも(つまりメンバーすべてにも）転送しておく。

そのメイルに対する返信を契約者は全員で読み、ある時は一斉に手紙を書き送って相手を困惑させるのです。

つまり、親愛なる×××はそのパフォーマンスのすべてをひとくくりにして、コンテンツとして「売っている」わけです。


どうです？

僕の推理もなかなかでしょう。

そうでなければこんな事態は成り立たない。

大量の返信の内容それぞれが、どこかで必ずニヤリとしているような一定の雰囲気を持っているはずがないのです。

すなわち、一言で言えばこうです。

you@×××.jp
それはひとつのゲームの名前である。

さて、僕はまんまとひっかかりました。

まさかそれが大勢の人間に読まれているとも知らずに、しゃかりきになって長い返信を書いてきたのですから。

さすがに借金申込みには応じませんでしたが、それでもずいぶんと親愛なる諸君を楽しませてきたのだろうと思います。

しかし、親愛なる×××さん。

つまり、you@×××.jp の正当な所有者たるたった一人の貴方。

貴方に申し上げましょう。

僕もゲームに関してはプライドのある人間です。

たった一人部外者としてゲームの中で楽しまれ、そのまま引き下がるわけにもいかないじゃありませんか。

ですから、親愛なる諸君。メンバーの皆さん。

今から僕は you@×××.jp というアドレスに向けて、毎月一章ずつ小説を書き送ろうと思います。

送ればすぐにたくさんの貴方たちへと届くでしょう。

すなわち、そもそも you@×××.jp が始めたゲームの権利を僕が奪い取り、そのいたずらなシステムを逆利用するのです。

もしも、僕の小説を読むことが気に入り、当初の目的であったいたずらよりも次の章を読む方が楽しみになれば、僕のアドレスに御連絡の上、好きな金額をお支払い下さい。
僕はそうやってシステムを乗っ取り、小説の力でシステムの権力者を圧倒し、システムを転換してみたいのです。

you@×××.jp か。
seiko@×××.jp か。

あなたは誰にギャラを与えるか。

ここからが僕を含めた本当のゲームの始まりです。

一体どちらが勝つのでしょう？
それより、小説の形式はどうしましょうか？
必ずしも全体がひとつの小説でなくてもいいのだから、短編のように書き継いでもいい。
SFがいいですか？

それとも、読みやすい恋愛もの？

ないしは、簡単に見えて実は超複雑な仕掛けを持った書簡体小説？

本当ならここで親愛なる皆さん全員にアンケートを取りたいところですが、それでは私のゲーム魂が泣きます。今回のこのメイルからすでに勝負は始まっているのですから、僕もゲーマーとして賭けに出ましょう。


書きたいものを書きたいだけ続けていく。

途中で次の短編に移ることもあり。

ただし、十回。

つまり十番勝負。


全体のタイトルはこうしましょうか。

『WHO@WHERE』

なにしろ、貴方たち一人々々の本当のアドレスを僕は知らないのだから、これはなかなか洒落たタイトルです。

タイトルからすれば、時は近未来でしょう。

最初の章を展開する場所は、行って来たばかりの土地がいい。だから、韓国最大の都市ソウル。

なにせ、これは小説家の意地を賭けた勝負ですからね。用意がなくても書けるところを見せておかなければならない。

ひとつキムチ・パンクとでも名づけていただこう。

では、まず短く序章から第一章のさわりまですませてみましょう。

もちろん、システムに対抗して魅力的に……。


………………………………

『WHO@WHERE』
by seiko@×××.jp

WHO@WHERE よ。
この数日の間に俺の身の上に起こったことを、いつものように書き送ろう。

ただ、どんな深度でハッキングしようとも、この葉書は貴方一人の元に届くことはない。

you@×××.jp
気づいてくれるか？

俺は上の行に確かに貴方のアドレスを入力しているのだ。

だが、システムはいつでもそれを嗅ぎ当て、勝手に自分宛ての記号に変換してしまう。そして、自動検閲によって内容を穏健なものに変え、世界中のソニック・アクティブへとデータを流し込む。結局、俺のメッセージは楽しげな紀行番組として消費されるのだ。

だから、俺はいっそのこと、このデタラメなアドレスに呼びかけてみたくなる。

WHO@WHEREよ。

それが俺に与えられた罰なのだ。

常に世界を楽しませるためにだけ世界移動を強制させられ、どこに落ち着くことも許されず、いつでも不特定多数に向けて言葉を発するしかない人間。

永久娯楽書法制を適用されてしまった男。

それが俺だ。

しかしながら、重ねて呼ぼう。

WHO@WHEREよ。

何かの間違いで、俺のこの何重にも折り畳まれた葉書が自動検閲をくぐり抜けることだってあるかもしれないではないか。
そして、偶然貴方のもとに届くことだってあるかもしれないではないか。
だから、今日もあきらめずにこうして書き送ろう。
you@×××.jp よ。

第一章
『DEF SONIC』

一心頂禮
十方常住
佛法僧

ソウルの中心地、明洞《ミョンドン》の長い長い地下街。ニンニクとニラの匂いにむせ返る世界最大の地下都市に、その夜俺はいた。

あちこちに備えつけられた金色のスピーカーからは、朝鮮仏教の僧侶が読む経文が大音響で繰り返し流されていた。意味は外国人の俺にもわかった。いや、俺だけではない。共通文字がクールに明滅するネオンの渦の中、どんな国の人間にだってすべての言葉が理解出来るのだ。

それがソニック・システムの勝利だった。

あらゆる言葉が自動変換されて脳に届く画期的なチップ、ソニック・システムこそが世界をひとつにしたのだ。
DEF SONICたちだけを除いて。
DEF SONICは未開人のように扱われる特殊な人間の蔑称だった。ソニック・システムを前頭葉に埋め込んでもなお、他者の言語を識別しない者たち。逆に、しゃべっても叫んでもこちらの聴覚に異様な雑音しか識別させないやつら。ソニック・システムがありとあらゆる言語を統一し、音波映像変換によってたったひとつの脳言語を創出したというのに、その恩恵を受けることが出来ないマイノリティ。
そのDEF SONICを、俺はそれまで疑問も感じないまま差別してきた。一般の社会にはまず顔を出すことのないDEF SONICにうっかり出会い、普段はしゃべることのない彼らの言語をうっかり耳にしたら最後、差別感情よりも何よりも先に急激に頭がしびれ、痛くなったものだった。
彼らは彼ら同士とさえ一切の言語的コミュニケーションが出来なかった。DEF SONICはそれぞれたった一人にしか通用しない異様な雑音を言語だと思い込み、それ以外の言葉をしゃべろうとしないのだ。
正確に言えば、何かが彼らの言語の自動変換を拒んでいるのだが、ソニック・システムを作り上げ、地球規模で浸透させた新国連にさえ、その何かは把握出来ていなかった。単に脳の障害であるという説も強かったし、彼らに埋め込んだチップの不具合であるとも言われてはいた。

しかし、実際のところは誰にもわからなかった。

だから、DEF SONICはただ見捨てられ、差別され続けながら世界中の街角に隠れ、誰にも通じることのない雑音で独り言をつぶやいていたのだ。DEF SONIC本人にさえ理解出来ないかもしれないその単独言語を。

だが、その夜から俺の考え方は変わった。

あの女に出会ってしまったことが俺を混乱させ、DEF SONICという存在の本当の意味を考えさせることになったのだ。

だから、俺は出会うべきではなかったのだ。

あの不思議な呼吸を持つ女、ソンメジャに。


信じてくれるか？

you@×××.jpよ。


いや、「親愛なる者たち」と呼ぶべきでしょうか。

いとうせいこう拝

Sincerely yours, Seiko Ito

第五信

Subject: 親愛なる
Date: Mon, 8 Dec 1997 10:55:06 +0900(JST)
From: 親愛なる者より／いとうせいこう 〈seiko@×××.jp〉
To: you@×××.jp

……………………………………

『WHO@WHERE』
by seiko@×××.jp

届いているのだろうか。
you@×××.jp よ。

そのメイルボックスにではない。

この物語に隠して伝えようとしている事柄は
君の魂の中心に届いているのだろうか。

それを解く鍵は暗号ではない。
君の通信モデムがつながっている端末の数字
××××で解読出来るものでもない。

you@×××.jpよ。
届いているのだろうか。

第二章
『DEF-065R』

その時、俺は地下食堂地帯の屋台でウナギの煮物にむしゃぶりついていたのだった。

横にはコリアンの中年女と、イギリス人らしき風体の初老の男がいた。やつらがそれぞれに食っているイカ・カルビの皿に目移りし、メニューをもらおうと主を探すと、洞窟めいた長い地下街の向こうからデータ環境保全委員会の警備兵が三人ばかり走ってくるのが見えた。

シンガポール並みの偏執狂的な清潔さに保たれた道路には、深夜だというのにぎっしりと人が出ており、そのせいで警備兵は肩から空に向かって浮かんだ通信バルーンを誰かれなしにぶつけては、「危険だ／下がれ」と繰り返しメッセージを発していた。

メッセージはソニック・レベル5で認識されたのだが、警備兵にとって残念なことに、明洞の地下街に鳴り響く僧侶の経文のレベルは6だった。

だから、俺の脳には警備兵が伝えるメッセージ、「危険だ／下がれ」が「到心信禮佛陀」という言葉と混じりあい、「仏陀を信じることは危険である」と叫んでいるようにしか聞こえなかった。


その時期、仏陀を信じることは危険だった。

かつて、南米のテロリストたちが先鋭的な戦闘を肯定する基督《キリスト》教宗派と手を組んだように、アジア各地に革命を支持する仏教徒集団が増えていたからだ。

護法調伏《ごほうちょうぶく》を唱え、降魔印《ごうまいん》を組んだ仏像をシンボルとした過激仏教宗派『金剛仏心』は、とうに仏陀の思想が滅びてしまっていたはずの南インドから発生し、転々とアジアのあちこちに飛び火していたのだ。

地下街に朝鮮仏教のオーソドックスな経文が流されているのも、その『金剛仏心』へのひとつの対抗策だった。いつなんどき、彼ら戦闘集団の思想が民衆の心をつかまないとも限らなかったから。

仏陀の魂はダイアモンドのように硬く
その尖端であらゆる誤りをよく切断す
正しき法を失いし宇宙の微塵《みじん》の中心に
虐《しいた》げられし者のための仏土を荘厳《しょうごん》せん

俺には警備兵に追われるその女が、ソウルで活動する過激仏教徒『金剛仏心』のメンバーに思えたのだった。

彼女はカーキ色の、軍服めいた生地で身を覆い、紺色の地味な制服を着た警備兵の数メートル先を走っていた。人混みをぬって左右に飛びながら、女は両腕をゆらゆらと宙に踊らせる。

いや、踊っているのは腕だけではなかった。左に飛べば着地するその左足が、右に動けば折れ曲がるその右膝が、まるで優雅な宮廷舞踊でも舞っているように見えるのだ。人混みの間からちらちらと見えるその手、その足を俺は左右に体を振りながら注視した。せざるを得ないほど、その動きは美しかった。

しかも、女は笑っていた。

ソニック・レベル5の警報を発せられながら、つまり捕獲後の待遇が死に近いことを明確に示されながら、女はなぜかよく整った白い歯を見せ、笑顔で逃亡していたのだ。誰もが警備兵に協力しようとしなかった。理由は女のその摩訶不思議な笑顔にあったのだと思う。そうでなければ、女の舞いだ。

水平に上げた腕をひらひらと揺らしては裏返し、飛び上がれば両膝を抱えるように交差させ、着地してはまたひらひらと伸ばし、あるいは曲げ、その度指先をくねらせる。バレエではなかった。女は空中に身をゆだねるが、バレエダンサーのように背筋を伸ばして天に向かうことをしなかった。むしろ、周囲にある空気をすべて呑み込み、それをゴムマリのように腹の奥にため込んではしなやかに爆発させた。

背中は自然な丸みを帯び、体中のありとあらゆる筋肉と連関して無限に伸縮する。

そんな動きに終始する逃亡者などかつて見たことがなかったし、それより何よりその舞いは目の前で長く鑑賞していたいという思いを自然に生起させてしまうものだった。

だから、女を追う者以外の誰もが、逃亡をひとつの芸術のように受け取ってしまっていたのだと思う。

俺もまた、その技芸に見とれ、我を忘れていた者の一人だった。


女は舞いを続けながら俺に近づいた。

数メートル先で女が飛び上がった時、隣にいたイギリス人らしき男がこうつぶやいた。

「DEF SONIC……」

確かに、女は首から名札を下げていた。顔写真と名前を印刷し、その下に冷酷な銀色でDEF NUMBERを刻印された名札。

社会から無視され、ゴミ同然に扱われているDEF SONICがなぜデータ環境保全委員会に捕獲されようとしているのかが、俺にはわからなかった。

彼らを一般社会から隔離するのはもっぱらボランティアの仕事で、政府連合の下で直接働くデータ環境保全委員会が動くなどということは考えられなかったからだ。


とまどう俺の目の前に、女が現れた。

すぐ後ろには警備兵がいて、警棒を振り上げていた。

電磁波のスイッチを入れるごつい指が見え、警棒の先が女の後頭部を狙っているのがわかった。

DEF SONICの舞いは今終わり、女は瀕死の体を横たえることになるだろう。


そう思った時だった。


警棒と女の後頭部の間に黒光りするものが出現した。

アフリカ人の太く隆起する腕だった。

どこから現れたのか、そのアフリカ人は郷土のものだろう柄の濃い緑色をした布をひるがえし、警棒を握っていた警備兵の手首をつかむとそれを一気に引き下げた。

下げた先にはアフリカ人の膝があった。

いやな音がして、警備兵の骨が折れたのがわかった。

再びイギリス人らしき男がつぶやいた。

「あいつもDEF SONICだ」

緑のローブの襟元《えりもと》にも、あの名札が光っていたのだった。


女は首をひねり、背後を見た。

下げていた名札が俺の目の前、数センチのところで揺れていた。

DEF-065R、ソンメジャと書いてあった。

バランスを崩した女はそのまま俺の胸に飛び込む格好になった。俺は女を抱きかかえた。柔らかな体のすべてにバランスよい筋肉が広がり、微細なネットワークを形作っているのがわかった。

女は深い息をしていた。あれほどの運動をしていながら、女は息を荒らすことがなかったのだ。

その呼吸のゆったりしたテンポに俺はひきつけられた。

俺の右脇に誰かの手が伸びてきていた。

女が逃げ続ける姿を無関心に眺め、イカ・カルビを食っていたはずの中年女の手だった。

そのコリアンの手が女の腕をつかみ、引き寄せた。

「こっちに逃げな」

中年女がそうささやくのが聞こえた。

DEF SONICに通じるはずのないその言葉とともに、中年女はさらに逃亡者を引き寄せ、屋台と屋台の間に空いている幅六十センチほどの隙間へと導いた。

そして、その背中を殴るようにして押しやった。

DEF-065Rはまたも舞うように宙を飛び、その屋台の隙間に着地するとさらに地下へと通じている換気口の中へ消えた。

すべてが一瞬の出来事だった。


まわりの者の目はアフリカンに釘づけになっていた。

緑の布をひるがえして逃げていくアフリカ人は、両腕を広げてその布に風を受け、大声で何かを叫んでいた。

DEF SONICがあたりに響き渡り、俺たちは皆苦痛に顔を歪めながら耳をふさがなければならなかった。

意味などない野蛮な雑音で地下街を制したアフリカンDEF SONICは、そのまま人混みを走り去る。

腕を折られた警備兵はうずくまりながら、中央に通信を送っていた。残りの警備兵は女を追うか、アフリカ人を追うかの選択に迷い、隊形を崩していた。

「女だ。DEF-065Rを追え」

指示は傷ついた警備兵の肩から宙に伸びる通信バルーンを通して聞こえた。耳をふさいでいた俺によく聞こえたのだから、かなりのレベルの命令だったのだと思う。

警備兵たちはさっき女が消えた屋台の隙間に殺到した。隙間の前に立っていた俺は乱暴になぎ倒され、あやうく警棒でぶっ叩かれそうになった。

DEF-065Rを救った中年女は知らぬ顔をして椅子に戻り、イギリス人が食べていたイカ・カルビの皿に大量のキムチを盛ると、それを引き寄せ、口を近づけて一気に頰張った。伏せたその顔を見ると、鋭い目が俺を射抜いていた。

お前は密告するのか、とその目は伝えていた。

俺は黙ってゆっくりと首を振った。

隙間は狭い路地となって蛇行《だこう》していた。警備兵たちは体を斜めにしてその路地に侵入し、例の「危険だ／下がれ」というメッセージを響かせながら去った。

女が入っていった地下換気口には、誰も目をくれなかった。

次第に静まっていく屋台の店先で、あのイギリス人がコリアン女に向かって言った。

そこの淑女《しゅくじょ》。あなたが今お食べになっているそのイカ・カルビの皿ですが、そちらは私の頼んだものでは？

中年女は涼しい顔で答えた。

ありがとう。おいしくいただきました。


喧噪《けんそう》がすっかり去り、元の地下街に戻っても俺はその場から去らずにいた。中年女はテーブルをはさんで目の前におり、俺が頼んだイカ・カルビを食いながら白い発泡酒、マッコリを飲んでいた。

あれは本当にすごい踊りだった……。

警備兵のいなくなった店先で、俺はすかさずそう言ったのだった。

すると、中年女は目を丸くした。

あんたはコリアンなのかい？

いいや。

じゃ香港人か、福建人だろう？

違う、日本人だ。

そう答えると、中年女は大げさに驚いてみせた。

日本人にあの娘の舞いがわかるとは思えないね。あんた、ひょっとして「金剛仏心」に関係してるんじゃないのかい？

なんで……そんなことを？

意外な質問に俺はうろたえた。むしろ、その中年女こそが戦闘的仏教徒集団の一員ではないかと俺は疑っていたからだ。

DEF SONICを救うような酔狂なやつは「金剛仏心」のメンバーくらいしか考えられない。そう俺は推測していたのだ。

声をひそめて中年コリアンは言った。「金剛仏心」がDEF SONICの女を探してるって、あたし、聞いたことがあるからさ。なんのためか知らないよ。でも、数字は聞いた。065……。そこまで知ってるんなら、あんたこそ「金剛仏心」だ。あの女は確かにDEF-065Rだった。あんただって、名札は見たんだろう？

見たよ。

軽くそう言い放って、中年女はマッコリを入れた小壺に木で出来た匙《さじ》を突っ込み、残った酒を湯飲みに移した。

だから助けたわけじゃないよ。あたしはさ……。

湯飲みからマッコリを飲み干して、中年女は続けた。

あの娘の舞いがあんまりすごかったんで、殺させたくなくなっただけさ。あんただってそう思ったろ？　だから、あの時黙って逃がしたんだろ？

中年女の目は、あの時伏せていたのと同じ鋭さになって俺をにらみつけていた。

俺はうなずいた。確かにそうだった。俺はDEF-065R、ソンメジャのあの腕のゆらぎ、あの膝の柔らかさ、あの重心移動の自在な揺れ、そして何よりも豊かな笑顔に魅せられ、警備兵に換気口を示さずにいたのだった。

俺はもう一度、あの女の踊りを見てみたい。


そう言って、俺は中年女をにらみ返した。

すると、中年女は大きな声で笑って答えた。

やっぱりあんたは日本人とは思えないよ。あの娘の動きは韓国舞踊の精髄だからさ。とうの昔になくなっちまったはずの歌舞音曲の動きが、あの娘の体から流れ出てたんだ。あの娘の祖国の丸い山並み、流れる川のゆったりした水、それから何より宇宙に満ちた気の動き。それをあの娘は踊ってた。

俺は付け足した。

それも、殺されそうになってるって時に。

中年女はしっかりとうなずいた。

ああ、死を恐れることもなく、あの娘は踊ってた。禁じられてからずいぶん経つ民族の踊りをね。あたしももう一度、あの娘の舞踊が見たいのさ。

おばさん、あんたの名前は?

ドクシャって呼ぶかい? あんたの国でも通用するように。実際、あんたの国の人間かもしれないしね。お互いまだ「金剛仏心」じゃないって証拠はないんだから、あたしがどこの誰だか教えるわけにゃいかないのさ。いや、やっぱりストレートにキムにしておこう。で、あんたはどうする?

じゃ、俺はスズキってことにしておくよ。

こうして、俺とキムと名乗る中年女はそれぞれを疑いながらマッコリで乾杯をした。

一時間ほどすると、屋台のまわりに人がいなくなった。キムはそれを待っていたかのように、俺の手を握った。

さあ、スズキ、行こうか。

俺は黙って立ち上がった。

キムはそのまま、ふらふらと酔ったふりであの路地に足を踏み入れ、換気口の前で素早くしゃがみ込んだ。

よくまあ、こんな狭い穴にするりと入っていったもんだね。

キムはそう言って笑い、笑いながら太った体を折り曲げた。俺もすぐにあとに続いた。

換気口の奥は黒々とした闇だった。

キムは俺の手を握ったままで、その闇を進んだ。

なあ、キム。

俺は何も見えない暗がりの中で小さく呼びかけた。

なんだい？

ささやき声が返ってくる。俺は続けた。

この換気口の向こうに何があるのか、知ってるのか？

すると、キムは一瞬黙り込み、それから強い調子で答えた。


地上さ。


俺は立ち止まり、握られていた手を振り払った。

そんなやばいところに……。

すると、キムの声が顔の前で響いた。振り向いたのだ。

仕方がないだろう、あの娘はここを通って地上に出たはずなんだよ。地下街にいるよりは、
人間のいない地上に逃げた方が安全だとあたしは思ったのさ。スズキ、あんたは地上を知って

るのかい？

知ってる。ビデオで何回も見た。

よかったね。本物を見る日が来たよ。


俺は引き返したかった。

俺たち一般市民は地上になど出てはならなかった。

警備兵に追われているDEF SONICを救ったばかりか、その女を追って地上に向かうなどという行為は絶対に許されることではなかったのだ。

だが、キムは再び俺の手を握り、少し震える声で言った。

ここまで踏み込んじまったんだ。腹をすえようじゃないか。

俺は答えた。

たかが一人の女の踊りを見たいがために、あんたは一緒に命を捨てようっていうんだな？

そうだよ。あの踊りを見られるんなら、あたしは死んだってかまわないと思ってるんだ。そう……思わされちまった……。

キムはそのまま言葉を呑み込んだ。

しばらく二人とも無言でいた。

やがて、俺は口を開いた。唇がネチッと音をさせるのが聞こえた。迷ったすえに俺は言った。

俺もだ。

俺もそう思わされてる。

なぜかはわからない。

でも、あの女……DEF-065Rは踊りながら俺をコントロールした、俺に何かを訴えた。

だから……俺はあの女に会いたい。

会ってあの動きを見たい。

もう一度見たい。

キムが力強く俺の手を握った。

俺も握り返した。

そして、俺たち二人は真っ暗闇の中をさらに進み始めた。

いとうせいこう拝
Sincerely yours, Seiko Ito

第六信

Subject: 親愛なる
Date: Mon, 22 Dec 1997 14:14:06 +0900(JST)
From: 親愛なる者より／いとうせいこう 〈seiko@×××.jp〉
To: you@×××.jp

親愛なる you@×××.jp へ。

と言うより、たくさんの親愛なる者たちのリーダーへ。

つまり、本当の you@×××.jp へ。

二回続いたキムチ・パンクはまずまずの様子で、僕のもとにこんなメイルが続々と届いています。

you@×××.jp か。

seiko@×××.jp か。

その選択肢を与えられたままでしたが、わたしは seiko@×××.jp を取ります。いたずらメイルの鎖の中にいるより、きちんと書かれた小説にお金を払いたいと思ったのです。

ですから、振込先を教えて下さい。


しかし、皆一様に本来のアドレスを書かずにおり、いまだ緊迫は続いています。なにしろ、それもまた組織的ないたずらの続きかもしれませんからね。

you@×××.jp 宛てに振込先を教えたら最後、オンライン口座にハッキングされかねない(笑)。

あるいは、こんなメイルもあります。


貴殿に小説代を払いたし。

虚構センター線ターミナル駅まで来ることの出来る日時、教えられよ。

当方、目のさめるような紫色のハンケチを持って立っております。

すぐにわかるでしょう。

おお、目のさめるような紫色!

その深く美しい色素!

かなり御年配の方のような文体ですから、親愛なるファミリーの幅の広さに驚きもしましたが、それよりも何よりも、親愛なる者たちのリーダーに勝負をしかけたことによって、私はついに集金業務までしなければならなくなったわけです。

それも、色素好きの方に直接会って……。

これは本気のメイルでしょうか？

それとも、貴方のいたずら？


また、こんなメイルもいくつか混じっています。


使用している Macintosh LC630、DELL DIMENSION XPS の不具合か。

送っていただいている文章の一部に文字化けが起きるんです。

ひょっとして、Netscape Navigator 3.01 のせい？

ちなみに、seiko@×××.jp さんのメールソフトはなんですか？

互換性に問題があるのかもしれません。

Netscape Navigator 3.01 に今すぐ変更を！

Macintosh LC630、DELL DIMENSION XPS?

Netscape Navigator 3.01??

「過去の僕」から発信されたメイルが元だとはいえ、あなたまでその時代を生きるとは……1997年からの返信?

一体、何が起きているのでしょう。

まあ、集金方法は待っていただくとして、リーダーである親愛なる者さん、少し焦ってはきませんか?

貴方が作り出した（と私が推定する）組織は、少しずつ少しずつ崩壊し始めているのです。

そして、ひょっとするとそのうち、私がリーダーになり変わり、貴方を追放してしまいかねない。


しかし、私はその革命を一気に推し進める気はありません。

ともかく、落ち着いて小説の続きを書きましょう。


近未来のソウルで起こるあの話。

確か、主人公は地下街からいったんさらに地底に近づき、ソンメジャという女に会うために地上を目指しているのでした。

……………………………………

『WHO@WHERE』
by seiko@×××.jp

第三章
『衣姿のR者』

キムと名乗る女はうれしげに俺の手を握り、それを指でさするようにしながら振り向いた。危機をともにすると、無意識的な愛情が芽生えるらしいが、俺にはその気はなかった。
たぶん、ここだよ。このハシゴ段を登れば地上だ。
マッチを捨て、キムチ臭い息を俺に吐きかけたキムは、迷うことなくハシゴ段に手をかけたらしかった。重たそうな体がふっと宙に浮いたことで、俺にもそれがわかった。

ゴリゴリとコンクリートを擦《こす》る音が頭上から聞こえてくる。キムがマンホールの蓋を下から持ち上げているらしい。やがて、薄青の光が闇に届いた。

スズキ、早く!

キムはかすれた声でそうささやいた。

とんでもないとこに出ちまったよ、早く早く。

俺はあわてて錆《さ》びたハシゴ段を握り、地上に向かった。


キムの太い足から目をそらし、穴から頭を出した俺は仰天した。

そこはかつての明洞の中心、何度もビデオで観たことのあるロッテデパートの向い側だった。つまり、忍者が敵の本丸の真ん前に姿を現してしまったようなものだ。

こっちだよ、こっち。隠れるよ。

キムはそう言って走り出したが、俺は久しぶりに見たその地上の様子に目を丸くしていた。ロッテデパートの屋上からどんよりした灰色の空に向かって光が放たれていた。いや、見回す高層ビルのどの屋上からも白い光は上空に向い、まるで太陽があるかのように明洞を輝かせているのだ。

俺は穴から頭だけを出した状態で、あちらこちらを見上げたままでいた。ビルに取りつけられたネオンは、どれもみな見たこともないような言語を街に投げかけている。

どうしちまったんだ、ソウルは？

俺は思わず独り言をつぶやいた。

アジア戦は激しかった。細菌兵器が使われ、皆地下街を掘り進んで逃げた。しかし、歴史上異例の全面平和調停ののち、連合側は実質的な勝利を得たはずだった。ただ俺たちは、地上の細菌が死滅するまで地下で暮らさなければならなくなっただけだった。

どの国もそれは同じであるはずだった。

だが、目を刺すほどの光を発するネオンには、確かに見慣れぬ文字が並んでいた。


誰だ。

誰が結局勝ったんだ。

誰があの文字で頭脳交通しているんだ。


ヘリの轟音《ごうおん》が響いた。

デパートの屋上から戦闘用のヘリが発進したのだった。

俺は必死で穴から抜け、チカチカする目のままでキムの姿を探し求めながら、近くの脇道に体を隠した。

幸いそこにキムはいた。

だが、キムは両手を上げていた。

キムの後ろに誰かがいた。


それが名前かい?

キムが疑わしげにそう言うのが聞こえた。

相手は薄汚れた布をこちらに見せていた。

そこに名前らしきものが書かれていたのだった。書体は朝鮮仏教徒が使う筆文字によく似ていた。

キムは両手を上げたまま、つぶやいた。

×××?

そして、恫喝《どうかつ》するような声で続ける。

金剛仏心のメンバーだね、あんた。

そいつは目のさめるような青、モスグリーン、やまぶき色、茶色のツギハギだらけの衣をまとい、同じような組み合わせのフードをかぶってこころもちうつむき加減でいた。

男か女かさえ、俺にはわからなかった。

わかるのは、そいつの手に金属製の筒が握られており、その先が俺たちを狙いすましていることだけだ。

さあ。どうだろう。

ドクャシと名乗った衣姿は答えることを避けた。

少なくとも、あんたたちの敵じゃあない。

そいつの声は明らかに何かの機械で音色を変えられていた。
なんで、そんなことが言えるんだよ？
キムは無謀なほど勇敢だった。
すると、ドクャシは空ゆくヘリを顎《あご》で示しながら答えた。

我々の敵はあいつらだけだ。

ドクャシは、金属の筒を衣の中にしまい、いきなり道路にあぐらをかいた。あっけにとられていた俺とキムだったが、相手に攻撃の意志がないことを悟り、同じように道路に座り込んだ。
見知らぬ部族に出会った時は、相手と同じ行動をするのが一番なのだ。

おかげで、俺たちはドクャシから、地上の様子を聞き出すことになった。
むろん、尻はひどく冷えてしまったのだが……。

ドクャシは自分を金剛仏心のメンバーだとは名乗らなかった。ただ、「やつら」と戦っているとだけ明言した。その「やつら」が誰なのか、何度も問いただしたのだが、いずれわかるとしか答えてはくれなかった。

ともかく、「やつら」はアジア全体を支配下に置き、さらにアラブ、ヨーロッパに展開する「やつら」、アフリカ大陸に力を及ぼし始めた「やつら」と連携を組みながら、「仏の民」を完全隷属《れいぞく》させようとしている。

つまり、「やつら」は『地上の悪』なのだ。

少なくとも、ドクャシはそう言った。

そいつの考えによれば、どうやら俺たちは体《てい》よく地下に押し込められ、洗脳によって支配されているらしかった。

馬鹿らしいと俺がつぶやくと、やつはフードの下に手を入れ、中から小さなデバイスを取り出して見せた。

それはソニック・システムの特殊代用品だった。

リプレゼンタティブ。通称R。

俺たち健康体を持つ人間は、まるでユダヤ教徒が割礼をするようにして前頭葉にそれを埋め込んでもらっている。だからこそ、あらゆる言葉が自動変換され、俺とキムは母言語が違っても話すことが出来る。

だが、中には事故や免疫系の問題でチップが脳になじまない者たちがいた。それらの人間は外部デバイスを耳の上に取りつけなければならなかった。

それがドクャシの取り出した機械だった。

やつはそのRを再びフードの中にしまい込み、頭を数回振ってからゆっくりとこう言った。

私は、そしてお前たちは、言語を奪われているのだ。

何を言ってるんだ。奪われてなんかいない。

俺は自分でも驚くほどの大声で反駁《はんばく》した。

すると、やつは小さく笑った。

ムキになることが洗脳の証拠じゃないのか？

そして、重々しくこう付け加えた。

私はコリアンだ。しかし、ソニック・システムを外せば、この女と話すことが出来ない。お前たちはそのことを知らないのだ。我々のようにRを外付けしていれば、自然にわかることだよ。皆、言語を「やつら」に奪われている……。

そんなはずがない、と俺は言った。

R者は少なくないし、俺の友達にもいる。じゃ、貴様は書き言葉をどう考えてるんだ？　いいか？　それぞれの国にそれぞれの書き言葉がある。俺たちはそれぞれの文化にしたがって、そいつを読むことが出来る。言語は奪われてなんかいない。

しかし、しゃべることはもう出来ない。

ドクャシはそうつぶやいた。

我々はもう母言語をしゃべることが出来ないんだ。いや、じきに出来なくなると言った方がいいだろう。気づくこともないほどゆっくりとした速度で「やつら」のミッションは進んでいる。いずれ、我々はロゼッタストーンの文字を読むようにして、母言語を読むようになるだろう。つまり、いつでも「やつら」の言語に変換しながら意味を知り、音の記憶は次第に遠のき、やがて消える。

俺には信じられなかった。だが、キムは言った。

あたしはあんたの言ってることが少しわかるよ。

キムはあぐらのまま、相手ににじり寄った。

だって、あたしはなんだか感じたんだ。さっきあの子を見た時にさ。あの見事な踊りを見た時に、懐かしい音が頭の中に響いた気がしたんだ。それがあんたの言う母言語かもしれない……。

すると、ドクャシは陶酔するように言った。

ソンメジャ様……DEF-065R。

なんであんた、あの子を知ってるんだ？
キムはそう言い、すさまじい形相で俺を見た。
俺は首を振った。
そして、ドクャシがうめくのを聞いたのだった。

あの方だけが言語を取り戻して下さる。
あの方だけが忘れていないのだ。
ソンメジャ様は言語の救世主。
正しく、卑しく、そして美しい御方。
新しく懐かしい言語を与えて下さる仏。

世尊であり、この世に現れた如来《にょらい》。
深く深く貴方に帰依《きえ》いたします。

俺たちはしばらく無言で、その衣姿のR者が夜露に濡れたコンクリートに額をつけ、ソンメジャを讃《たた》える経を読むのを眺め続けた。

情報の飽和状態におちいった頭を切り換えてくれたのは、あの緑の衣を着たアフリカ人の姿だった。

ドクャシの向こう、つまり俺たちが座り込んでいた道路のはるかかなたを、そのアフリカ人は悠々と歩いていた。しかも、右肩からトーキングドラムを下げ、それをJの形に見えるバチで叩きながら。

行くがいい。

ドクャシは振り向きもせずにそう言った。

我らの救世主が地上に現れたその穴から、お前たちは出て来た。もしも、『やつら』であったら、私は殺そうと身構えていたのだ。しかし、姿を見せたのは男女一対の無知なる地底人であった。

男女一対という言葉に、キムが微笑んだ。俺は道路に唾を吐き、勝手なカップリングに言葉にならない抗議をした。

ドクャシは笑いもせずに続けた。

さあ、ゆけ。DEF SONICたちが命を捨てて行進を始めている。ソンメジャ様を追いつめ、その能力を引き出すために彼らは死を恐れずに楽の音を響かせているのだ。

追いつめる？　なぜ、貴様は助けないんだ？　ソンメジャは救世主なんだろ、貴様たちの仏なんだろ？

俺はわけがわからなくなって、そう叫んだ。

謎に満ちたR者は立ち上がって答えた。

そうしなければ、ソンメジャ様は悟りを得ることが出来ないからだ。DEF SONICの中の鋭敏なる者たち、言語奪還に燃える者たちはそれを知っている。

じゃ、やっぱりあの黒いのも『金剛仏心』の一員だったんだね。

キムは合点がいったという調子でつぶやいた。

ドクャシは答えた。

いいや。彼らはまた違う存在だ。我々は彼らを崇《あが》めている。しかし、彼らはそのことをなんとも思っていない。尊くも語らない者たち……我々は彼らを無言尊者と呼んでいる。

無言尊者？

そうだ、無言尊者だ。早く行け。世界中から集まって来た尊者たちを追え。そこに世尊はおられるだろう。そこに世尊は現れ、ついに救いの力を得るのだ。

その時、アフリカ人が叩き出すトーキングドラムの音に、乾いた銃声が混じった。

銃声はひとつではなかった。熱波ガンの音がし、また銃声がし、さらに聞き覚えのない銃器の音がした。

地上で戦いが起きていた。

必ず彼らは守る。我ら『金剛仏心』はこの日を待っていたのだ。だから、お前たちは歩め。世尊にまみえるまで。

そう言い残すと、衣姿のR者は裾《すそ》をひるがえして走り去った。

俺たちはとんでもない戦いの中に身を置いているらしかった。

戦いは「やつら」と「金剛仏心」、そして無言尊者とやらの間に起き、そのすべてはどうやらソンメジャただ一人を中心に回っていた。

引き返したいだろ?

俺はキムに言った。

全然。

キムは短くそう答え、続けて言った。

あんたは？

全然と答えなければ、首の骨を折りかねない勢いでキムは俺をにらみつけていた。だから俺は答えることをやめ、キムの手を握って走り始めた。

いとうせいこう拝

Sincerely yours, Seiko Ito

第七信

Subject: 親愛なる
Date: Mon, 29 Dec 1997 11:14:05 +0900(JST)
From: 親愛なる者より＼いとうせいこう 〈seiko@×××.jp〉
To: you@×××.jp

『WHO@WHERE』
by seiko@×××.jp

第四章
『キムの正体』

緑の衣をまとったアフリカ人。

遠い国から来たそのDEF SONICはソウルの地上にいて、なおもトーキングドラムを叩いていた。

あらゆる種類の光を帯びた弾丸が男の体をかすめ、アスファルトやビルの壁に当たっては弾ける。

ドウン、ドウンと腹の底に響くドラムのビートと金属質の銃器の音がまるでセッションをしているように聞こえ、俺は踊り出したいような気分にさえなった。

なぜ、あいつは悠々と歩いていられるのか。

夢でも見ているような錯覚におちいりながら、明洞の細い路地にひそむ俺はアフリカンDEF SONICの背中をにらみ続ける。

緑の衣は時おりひるがえった。

風のせいではない。

熱波ガンや地上弾が巻き起こす空気の揺れが原因だ。

いや、それだけではなかった。

ゆったりとした歩みを続ける男が打ち鳴らす太鼓から幕のような波動が生まれ、それがあたりに広がっているらしいのだ。

男はあたかもその波動で身を守っているように見えた。

男が持つトーキングドラムは、いわば守備専用の兵器だった。

音楽を奏で、その名の通り同じ部族に言語を伝え、そして我が身を守る強力な波動を作り出しさえする楽器。

それを片手に男は変わり果てた地上を行く。

だからこそ、数人の敵に囲まれ、攻撃を受けても恐れることなく歩いていられるのだと俺は思った。

横にいるキムにそのことの不思議さを伝えようとした。

だが、キムが口を開くのが先だった。


敵さんはあの黒いのを殺さないようにしてるんだね。

なんだって?

だから、生け捕りにするようにって指令を受けてるんだよ。見てごらん、あっちのビルの二階とそれから左手のクッパ屋の脇。あそこから黒いのを攻撃してるだろ?

ああ、そうだけど。

弾丸は見事に黒いのを避けてるじゃないか。流れ弾さえ当たらないようにしながら、あの黒人を誘導してる。

俺は目をこらし、下手をすると敵に見つかりそうなほど首を伸ばしてみたのだが、キムの言う「誘導」が理解出来なかった。

だが、キムは確信に満ちた調子で頭を振ってこう言った。


わかった。あそこだ。誘導先は道の先のあの立体駐車場だよ。わかるかい、灰色の看板がかかってるあのビルの入り口。シャッターがなぜか開いてるだろ？　たぶん、そこに敵の主力が待ってる。そこで黒いのを生け捕りにする作戦なんだよ。

なんで……なんであんたはそこまでわかるんだ？

弾丸の軌跡を見ててごらんって。それ以外、黒いのが歩ける場所がないじゃないか。

いや、だから、なんで弾丸の軌跡なんか見てられるんだってことだよ、キム。なんでそんなことが出来るんだ？

あたしが普通の主婦なら、そんなこと出来るはずがない……と言いたいんだね？

そうだ。

さあね。きっと、あたしが昔、アジア戦の拠点司令官だったからじゃないの。

キムはそう言ってから鼻で笑った。

俺はその顔をまじまじと見つめた。

冗談でしかあり得なかった。

アジア戦の拠点司令官と言えば、つまり韓国正規軍の下に位置してゲリラ戦を指揮した市民将校の一人だ。市民将校とはいえ、立場としては正規軍の主力メンバーと同等に考えて間違いない。

そんな人間が地下食堂地帯でイカ・カルビを食い、バッタ屋で売っているような偽ブランドの安っぽいトレーナーに身を包んでいるはずがないのだ。

しかし、キムの表情は複雑だった。

照れて笑うような、そしてまた告白してしまったことに困惑するような動揺があり、逆につまらぬ冗談を言ってしまった人間の自己嫌悪も感じられた。しかし、同時に真実を理解してくれと迫るような殺気もその瞳の奥にひそんでいる。

俺はひとまず何か言わなければと焦った。


あ、あ、なんであんたが、どこの拠点司令官だったんだ?


口からこぼれ出したのは、わけのわからない言葉だった。

すると、キムはすぐさま表情を変えた。

一瞬前に見ていた複雑な顔は幻想だったように消え去り、残ったのは普通の人のよさそうな笑顔だけだった。おばさんは一気にまくしたてた。

冗談だよ、スズキ。ウブなあんたには冗談も言えないね。でも、これであんたが日本人だってはっきりわかったよ。あたしが市民将校だったらと思った途端に混乱しちまったんだろ？その将校がなんでここにいるのか？　それがソンメジャをなぜ助けたのか？　地上のこの敵どもとどういう関係にあるのか？　あんたたち日本人はそういう入り組んだパワーゲームが不得意だからさ。

黙り込む俺に向かって、キムはそのまま顎をしゃくり、今はそれどころじゃないことを示しながら続けた。

さて、この冗談についてはいずれくわしく説明するとして、あの黒いの、ただのDEF SONICじゃないね。殺すわけにはいかないような能力を持ってるか、あるいはソンメジャの行き先を知ってると判断されてるか、どっちかだよ。

そこで俺はかろうじて一言だけ、こう答えることが出来た。

あんたが誰かは今は問わない。現在最も緊急を要する問題はあのアフリカンを助けるかどうかだ。

すると、キムはにやりと笑った。

やるじゃないか、ジャパニーズ。それだけ冷静な判断が出来るんなら、未来の拠点司令官も夢じゃないよ。

そして、キムはすぐに真剣な調子に戻った。

あたしたちはどうしたってあの黒いのを助けなくちゃね。理由その一。敵が必要としていると考えられる以上、身柄を渡してしまえばソンメジャの危機になる。その正体がわからなくてもね。理由その二……。

俺はこわばった顔のままで言葉の続きを奪った。

理由その二は人道的な見地だ。獣を捕るみたいなやり方でアフリカ人を追いつめるなんて、アジア人の恥だぜ。

キムは俺の肩を叩き、大きくうなずいた。肩の骨が折れるかと思うほどの力だったが、おかげで俺は乱れた精神状態から脱することが出来た。俺はキムを見つめて言った。

で、ニセ司令官殿。どうやってあのDEF SONICを奪還する？　向こうはどうやらプロばかり。こっちはニセ司令官とケンカひとつしたことのないやさ男。時間はほとんどない。ここは相当の知恵が必要になるわけですが……。

キムは眉毛をあげ、涼しい目をして答えた。

そういう条件なら、知恵なんか要らないね。


次の瞬間、俺は我が目を疑った。

キムはやおら着ていたピンクのトレーナーを脱ぎ、スカートを脱ぎ、ばばくさいシュミーズ姿になって、路地から飛び出したのだった。


助けてよー！　助けてー！　痴漢があたしを触るんだよ！


ものすごいダミ声で叫びながら、キムはトレーナーをぶん回し、くるくるとあたりを走った。

銃声がやんだ。

死をも恐れぬアフリカンDEF SONICさえ、きょとんとした目で振り返ってこちらを見ていた。

俺がやらなければならないことはたったひとつだった。

太い腕でトレーナーを振り回すキムのあとを追い、立派に痴漢役を演じきることだ。

俺は両手で宙をつかむようにし、銃撃戦が展開されていた道路に走り出て、性的にはなんの興味もないキムの太い体を追った。

待てー！　その体を触らせろー！　待てー！


猿芝居にも効果はあった。

敵はどうやら中央の指令をあおぎ始めたらしかった。

通信機器から漏れる幾つもの声があった。

その間、熱波ガンの音も鉛を撃ち放つ音もしなかった。

誰もが動きを止め、ほうけたように俺たちを観察していた。

地上に現れたシュミーズ姿の中年女と、それを追いかける男という二人組は緊張感あふれる戦場にこの上ないカオスを作り出したのだ。

キムは叫んだ。

逃げろ！　逃げるんだよ、黒いの！　右手の靴屋の脇！

俺も調子を合わせた。

逃げろ！　黒いの！　でないと、痴漢が触りに行くぞ！

緑の衣が揺れた。

ドウンというドラムの音がひとつした。

わかったという意味なのかもしれなかった。

なぜなら、DEF SONICは俊敏な動きで右手にある靴屋の脇道へと走り去ったからだ。

敵は驚き、思わず道路の上に姿を現した。

キムは金切り声でセリフめいた言葉を叫んだ。

きゃー！　こっちからも痴漢が出たよー！

見たこともない柄の迷彩服を着込んだ男たちは、一斉にキムに目を向けた。いわれなき罪をかぶせられ、俺は痴漢ではないと言いたげな目だった。

それで一秒かせげた。

俺も微力ながら一秒かせごうと思った。

こういう女どもがあっちから数十人固まって行進してくるんだ！　あっちだよ、あっち！ロッテデパートの地下から、シュミーズ姿でどんどん上がってくる！　取り締まってくれ！

敵は皆、俺が指さした方向を見た。もちろん、DEF SONICが逃げたのとは反対側だ。

結果、二秒かせげた。


よし、さすがは未来の拠点司令官。真っ赤な嘘がお上手だよ。さあ、あたしたちもトンズラと行こうか。

見ればキムはトレーナーを頭からかぶって着直し、額に貼りついた髪の毛を整えていた。銃を手にした敵どもの前で、まったく恐ろしい胆っ玉だ。

走り出したのは俺が先だった。元の路地へと一目散に逃げ、振り返ってキムの指示を待った。キムは鬼のような顔でこちらに突進して来ていた。思わず悲鳴が出そうだった。

キムは無言で左を指さしていた。俺は路地の左にあるビルとビルの隙間に走り込み、水たまりに足を取られながらも全速力で直進した。背後にキムの体温があった。背筋がぞっとして脚力が伸びた。

右、そこを右！

キムが叫んでいた。

すぐに息が苦しくなった。

けれども、止まれば熱波に焼かれると思った。

そうでなくても、頭から鬼に食われてしまう。俺はまるでキムから逃げるようにして、そのままひたすら走った。


見下ろすどの道にも人はいなかった。

あちこちのビルに取りつけられたネオンが光るだけの街。

地上に出て初めてネオンの群れを見た時とは違って、どれも同じ記号の配列を点滅させていた。おそらく俺たちの逃亡を告げているのだろうと思うと、逃げきれる気がしなかった。

だが、キムの指示にしたがって入り込んだ小さな元ホテルにはいつまでも追手の気配がなかった。

明洞から何キロ走ったかわからない。

すっかり日は暮れ、すでに夜の九時を回っている。


なあ、キムおばさん。


俺は名前の後ろにわざわざ「おばさん」を付けるようになっていた。一緒に危機を乗り越えた親近感もあったが、二人きりで古ぼけたホテルの部屋に閉じこもっている以上、貞操を守るためでもあった。

キムは答えなかった。

スプリングの飛び出たベッドの上にあお向けになり、じっと目をつぶったままなのだ。

眠ってるのか。

そうつぶやくと、キムは細い目を開けた。

眠ってなんかいないよ。

キムは天井を見つめて、そう言った。思いつめるような表情をしていた。俺は煙草をくわえて火をつけ、生地のすり切れた椅子に座って聞いた。

じゃあ、何を考えてたんだ?

あんたと同じことさ。

ふうん……。とんでもないことに巻き込まれちまったなって、俺はそう思ってたんだけどな。

やっぱり、おんなじだね。あたしもそうさ。

そうかな？　キムおばさんはそんな風に思ってないんじゃないか？　拠点司令官だったかどうかは別として、あんたは確実に素人じゃない。銃持った連中の前で裸になれるようなやつだぜ。

失礼な。裸じゃないよ。下着は着てた。

とにかく、普通の地下市民じゃない。たぶん、目的を持って地上に上がって来たんだ。つまり、俺は巻き添えだよ。あんたの目的のために、俺は巻き添えになった。

違うよ、スズキ。それは違う。

キムはベッドから立ち上がり、俺をにらみつけた。

いいかい、スズキ？　これだけは信じて欲しいんだよ。確かにあたしは目的を持ってるかもしれない。でも、あんたを盾にして地上に上がって来たんじゃないんだよ。あたしだって巻き添えなんだ。

あんたも？　巻き添え？　意味がわからないな。

ソンメジャ……あたしはあの娘に巻き込まれた。まさかこんなことになるとは思ってなかったのさ。

キムは俺に手を差し出した。俺は黙って煙草を渡した。キムはゆっくりと煙草に火をつけ、煙を深く吸い込んだ。

それじゃ、あたしが話せることは全部話すよ。日本人をだましたと思われてたら、祖国に泥を塗ることになるからね。それに、あたしはあんたのノーテンキさを気に入ってるんだ。

ありがとよ、司令官殿。

キムの打ち明け話が終わったのは一時間後のことだった。

アジア戦において、キムは特別拠点司令官を務めていたのだった。それは周囲の者さえ知らないことだった。彼女は釜山《プサン》に設置されたスパイ部隊のトップで、ソウルの正規軍にさえ極秘で戦局の情報収集をしていたのだ。

だが、アジア各地に広大な地下街が作られ、大量の市民がそこに逃げ込むと唐突に中央からの指令がとだえた。誰にどう接触しても何もわからなかった。地下交通で何度も釜山に行った。かつての情報部隊の人間は煙のように消えていた。

地下世界にはそれまでとまったく別な権力構造が出来ていた。政府組織の全容さえつかめなかった。一般市民や地下マスコミはだまされているとしか思えなかった。決定的に支配構造が違ってしまったのに、誰一人そのことに気づかず、地下で暮らすようになったのだ。

キムはやがて『金剛仏心』を疑うようになった。実は彼らはアジア戦を利用して政府を転覆し、すでに地上を掌握《しょうあく》しているのではないかと考えたのだった。大統領を洗脳し、地下に「仏国土」を作ってそこでほとんどの人間に労働をさせ、自分たちは地上でゆったりと甘い汁を吸う……。

怪しい組織には迷わず接触し、情報を集めようとした。だが、真相は闇の中だった。何年も何年もキムは自己の記憶と戦わなければならなかった。自分が拠点司令官だったのは幻想なのではないかと思い、生まれてからずっと地下にいたような気にもなった。

キムは数年前から、一人で地上に出るようになった。そこには系統のわからない軍隊がおり、組織めいたものがあった。果たしてそれが『金剛仏心』なのかどうか、確かめる術《すべ》がなかった。彼らは地上を掌握するにはあまりにも少ない人数で、しかも見たこともない兵器を手にしていた。韓国人ばかりではなく、日本人やタイ人、中国人がいた。地上組織は混成部隊によって構成されていた。

そしてある日、キムは地上の人間が話すおかしな噂を耳にした。

ひとりの若い女が「地上計画」を壊す恐れがある。

それ以上はわからなかった。

だが、同じ言葉を何度も聞いた。

ひとりの若い女が「地上計画」を壊す恐れがある。


若い女とは誰か。「地上計画」とは何か？

キムは地下でも情報を集めようとした。

一年ほどして、『金剛仏心』の周囲に同じような噂があることを知った。いや、噂ではない。

それはひとつの経文と化していた。


あの方だけが言語を取り戻して下さる。

あの方だけが忘れていないのだ。

ソンメジャ様は言語の救世主。

正しく、卑しく、そして美しい御方。

新しく懐かしい言語を与えて下さる仏。

世尊であり、この世に現れた如来。

深く深く貴方に帰依いたします。


経文は俺がつい数時間前、ドクャシと名乗るR者から聞いた歌のような言葉だった。

『金剛仏心』ではないが同じ女を崇めている、と言ったあのR者はつまり、宗派の異なる集団で同じ経文を唱えていたことになる。

経文が示すその「仏」、その「如来」こそが、地上にいるやつらが噂する「若い女」を指しているらしいことは俺にもわかった。

だから、キムの話の最後に俺はこう割って入ったのだった。


そして、とうとうあんたはソンメジャに出会った。こいつがその女だと胸躍らせ、すべての謎が解けると飛び上がった。幸い、横には馬鹿な男がいた。あの女に一目惚れして赤い顔をしてる。ちょうどいい、この男をボディガードにして地上に出よう。あんたは元市民将校としてそう思ったんだな？

キムは声を荒らげた。

違うんだよ、スズキ。そこを信じて欲しくて、あたしはこんな気の触れたような長話をしてるんじゃないか。あたしは今日あの娘を見た。踊るように逃げるあの娘の動きを見た。途端に体が震えた。確かにこの娘こそ仏だと思った。ただもうひたすらもう一度見たい、もう一度会いたいと思った。それだけなんだ。それだけなんだよ。

キムは自分をどう扱っていいかわからないような顔で、かきくどくように続けた。

あたしもあの娘に巻き込まれた。巻き添えをくらったんだよ。あんたと同じさ。あの娘の魔力に引き込まれた。いてもたってもいられなくなって、あんたと一緒に地上に出た。そして、こんなことになっちまった。あの娘の味方ならあたしの味方だと思った。だからあの黒いのを助けなくちゃならないと思ったのさ。でも、もうあたしは恐ろしいんだよ。軍の仕事をしてた時だって、こんなに恐ろしい思いはしたことがない。あの娘は人間離れしてる。あたしが扱えるような娘じゃない……。

しばらくの間、無言が続いた。

俺はキムに言った。

どこまで信じていいか、正直わからない。だが、ともかくあんたはあの娘の味方なんだな？

うつむいていたキムは目を見開き、俺を正視するとやがて決意するようにうなずいた。

俺は言った。

じゃあ、俺もあんたの味方だ。

キムはなぜか悲しそうに微笑んだ。

俺は続けた。

ソンメジャが仏だろうが「地上計画」の破壊者だろうが、俺には関係ない。ただ、ドクャシが言ってたことが気になって仕方がない。俺は俺の言葉を奪われたくはないんだ。だから、ソンメジャにはもう一度会っておかなくちゃならない。この広いソウルの地上のどこにいるかわからないけどな。こいつは運試しだ。

すると、キムは大きく息を吐いてから言った。

じゃあ、あんたは運が強いよ。悪運か幸運かは知らないけどね。

意味がわからずにいると、キムはあきれるように首を振った。

全然気づいてなかったんだね、あんた。あの娘はずっとあたしたちを追っていた。どっかからひょっこり出て来て、ぴょんぴょん飛びながらあたしたちをつけて来たんだよ。まるで幽霊みたいに。あたしは恐ろしくて恐ろしくて発狂しそうだった。

なんだって?

だから、あの娘はいるんだよ。このホテルのどこかに。そこからあの娘はあたしたちをじいっと見てるんだ……。

いとうせいこう拝

Sincerely yours, Seiko Ito

第八信

Subject: 親愛なる
Date: Wed, 21 Jan 1998 14:34:51 +0900(JST)
From: 親愛なる者より／いとうせいこう 〈seiko@×××.jp〉
To: you@×××.jp

親愛なる者たちへ。

スズキとキムとソンメジャの話は次第に大きくなり、ついにアジア戦を含んだ複雑な筋書きになってきています。

言語を奪われつつあるという主人公はつまり、最初におかしなメイルをもらってからこっち、一方的に返信を送り続けている僕です。貴方の正体も知らずに、僕は伝わっているかどうかもわからない小説を書き続けている。その行為にともなう不安は、まさに共通言語から離れてしまった者の当惑に似ているのです。

そして、同じく言語を奪われつつあるのは貴方でもあります。

いたずらメイルの鎖の中に閉じ込められた貴方。

リーダーの思惑から遠ざかり、僕の語る物語を読む貴方。

なぜなら、僕の推測では貴方たちはみな、ひとつのアドレスを使い回すことによって喜びを得ながら、しかし実際のところ不自由なコミュニケーションを余儀なくされているのだから。

あるいは、当初予定されていたゲームの輪から、貴方は離れつつあるのだから。

you@×××.jp という記号が貴方を縛りつけている。
you@×××.jp という記号の中でしか貴方はしゃべれない。
そして今、you@×××.jp という記号から貴方は疎外されつつある。

言い換えればこうなります。


言語が貴方を縛りつけている。

言語の中でしか貴方はしゃべれない。

そして今、言語から貴方は疎外されつつある。

難しいものです。
我々は言語なしには何も考えることが出来ない。
しかし、同時にその言語が我々を世界から弾き飛ばす。
書く度、しゃべる度、我々は自己から遠ざかる。
まるで軌道を外れてしまった宇宙船のように、我々人間は一人寂しく虚空をさまよう。
だが、言語という重力なしではその事実に気づくことが出来ないのです。

束縛であり、力。
近づくほどに遠のく矛盾。
それが言語の謎。

その謎の中に潜みながら、せめて僕は違う規則の言語を提供し続けましょう。
親愛なる者たちのリーダーが与えた規則とは異なるルール。
小説という名前の自由度の高い言語ゲーム。

『WHO@WHERE』と名づけられた物語を。

『WHO@WHERE』
by seiko@×××.jp

WHO@WHEREよ。

行方のわからない対象、貴方に向けて俺はまたデータを送る。

世界を喜ばせ、その毎日の退屈や苦しみをほんの短い時間だけ忘れさせるために、俺は情報を流し続ける。

その日その日の俺の困窮をモニターに刻むことで、この俺もまた多少は癒されているのだから文句は言えまい。


だが、WHO@WHEREよ。

重ねて言おう。

自動検閲を受け、伝えるべき言葉を奪われながらも、俺は執拗《しつよう》に貴方一人に向けてメッセージを送っているのだ。

だから、今すぐに絡まりあう暗号を読み解いてくれ。

サブリミナルな文字配列から俺の真意を探り当ててくれ。

軌道を外れてしまった宇宙船のように一人寂しく虚空をさまよう俺は、果てしない距離のこちらから呼びかけているのだ。


you@×××.jpより。

第五章
『月の下の三拍子』

キムは震えていた。

逃げ込んだホテルのどこかにあのソンメジャがおり、ひそかに俺たちを見つめている。

それがなぜそこまでキムを脅えさせているのか、正直なところ俺には理解出来なかった。

ただ、のん気にぴょんぴょんと飛びはねながら俺たちを追って来たというソンメジャの姿を想像すると、少し気味が悪かったけれども。

あんたは気づいてなかったからだよ。いいかい、スズキ、あの娘は笑っていたんだよ。わけのわからない軍隊に追われてるっていうのに、あの娘は平気でふわふわ踊りながらあたしたちのあとをつけて来たんだ。ほんとは言いたくなかった。

ありがたいじゃないか。俺たちはソンメジャを探してたんだぜ。その相手が向こうから現れてくれるなんて、そんな都合のいい話はめったにあるもんじゃない。

だから、こわいんじゃないか。都合がよすぎてこわいんだよ。ソンメジャはたぶん、あたしたちが地上に上がるのを見てたんだ。それから、あの黒いのを救うところも見てた。すべてお見通しなんだよ。近くにいたわけでもないのに、あたしたちのやることなすこと、全部知ってるんだ。それでも恐ろしくないのかい？

キムの言うことが馬鹿馬鹿しくて、俺は鼻で笑った。

すべてお見通しなんてことがあるもんか。たまたま、どっかで俺たちを見かけたんだ。それで助けてもらおうとついて来た。そうに決まってる。キムおばさん、あんたはドクャシとかいうやつの言葉におかしな影響を受け過ぎちまったんだよ。

すると、今度はキムが俺を鼻で笑った。

あの娘の力を、あんたはまるでわかってないね。

なんだよ、急に。あんただってたいした情報を持ってなかったくせに、いきなり力だなんてどうかしてるぜ。なあ、猿芝居はやめてくれないか、キムおばさん。だって、さっきまであんたはちっともこわがってなんかいなかった。昔のことを話してる間はなんてこともない顔してたくせに、なんで突然震え出すんだ?

俺がそう言い終えると、キムは粗末な椅子から立ち上がり、床を指さした。


そこに落ちてるのは、スズキ、あんたの財布だろ?


見れば、財布があった。それは確かに俺のものだった。たぶん煙草を取り出した時に、ポケットから落としてしまったのだ。

財布の端からは小さなカードが飛び出していた。緑色に光るカード。俺の身分を証明する大切なプラスチック板だ。

拾おうとして身をかがめると、キムは鋭くそれを制した。

そのままにしときな!

なんでだよ? あんた、盗むつもりか?

悪いけど、ついさっきあんたが落としたのを放っておいたんだ。身分証明カードが財布から飛び出てたからね。あんたの本名がわかると思ったんだよ。

俺はあわててカードを見た。キムは続けた。

だけど、飛び出したのはほんの一部分。苗字の頭の一字しか見えない。わかるだろ？

キムの言う通りだった。

でもね、スズキ。あたしにはその後ろまでわかるんだ。

抜き取って見たんだろ？

違う。あの娘だよ。あの娘が後ろをぴょんぴょん追いかけて来た時、あたしの頭に名前が浮かんだのさ。なんでそんな名前が浮かぶのか、あたしにはわからなかった。それがさっき、あんたが偶然落としたカードの端を見て、わかったんだよ。頭の一字が同じだから。いいかい、名前を言ってみてそれが当たっていたら、あんたにもあの娘の力がわかるだろ？

俺はひるんだ。キムが言いたいことが理解出来なかった。

キムは恐怖を押しつけるような調子で言った。

読者。これからはあんたをそう呼ばなきゃね。

少し息がつまった。

確かにそれが俺の名前だったからだ。

黙っていると、キムはすさまじい形相で俺をにらみつけた。

読者、なんでそれが頭に浮かんだと思う？　ねえ、どうやってあたしのこの頭の中にそれを伝えたんだい？　どうやってそれを知って、どうやってあたしのこの頭の中に！

キムは自分の頭を両腕で覆い、そのまま床に座り込んだ。

それでようやく俺にも、キムが感じていた恐ろしさがわかった。ソンメジャは遠くから他人の頭脳の中に侵入し、情報を伝えることが出来るのだった。だとすれば、彼女は俺の頭にもハッキングしているはずだった。なぜなら、俺の脳みその中にしか、俺の名前は刻まれていないから。

しかし、どうやって……？

震えは俺の体にも唐突にやって来た。


……………………………

親愛なる者よ。

なぜ貴方が小説に出て来たのでしょう？

親愛なる者たちグループの一人として、集団の中にいる貴方の情報を僕は小説の中に組み込んだのです。

僕は貴方の個人的なアドレスも使いました。

気づいていましたよね？

衣姿のR者が名乗る名がそれでした。

親愛なる者たちが僕のメイルを回覧したように、僕は貴方の存在を奪い取り、物語に埋め込んでいる。

ソンメジャに頭の中をのぞかれて、不意打ちをくらったスズキは貴方に似てきました。

主人公は僕から遠ざかり、貴方に近づいたのです。

けれどこれから、小説の中の貴方は〝貴方自身という宇宙〟の軌道から少しずつ外れていくでしょう。

似ているけれど違う貴方が世界を生きるのです。

まるで『WHO@WHERE』を書いている正体不明の人物が、僕自身からどんどん離れていってしまうように。


とすれば、この「小説を送り続けるというゲーム」は、離れていく自分にどちらがよく耐えるかという勝負でもあるのかもしれません。

つまり、それは言語を使うことそのものの奥底に潜んだ苦難でもある。


さあ、ソンメジャを登場させましょう。

その時から貴方は自己の重力を失い、次第に貴方自身から遠ざかってゆくのです。


……………………………………


キムはしばらく頭を抱えたままでいた。

悲しみや恐れを、コリアンは信じられないような派手な動きであらわす。

だが、俺はそのことを初めてうらやましいと感じていた。

出来ることなら、俺も同じように頭を抱え、床にうずくまって嘆きたかったのだ。頭の中に勝手に入り込まれて、一体どこの誰が平気でいられるだろう。俺はその恐怖と怒りをどう表現していいのかわからず、震えるキムの背中を見ることで耐えていた。俺のかわりにキムが表現してくれていると思うことで、なんとか平静を保っていたのだった。

そして、ドアが開いた。

キムは振り返りもせず、悲鳴を上げた。
俺は一瞬痙攣《けいれん》してから、目をドアに向けた。

ソンメジャが微笑んでいた。

カーキ色の厚い生地で出来た大きめのジャケットとパンツを身につけ、ソンメジャは動かずにいた。あまりに姿勢よく立ち続けているので、人形のように思えた。人形であってくれればいいと俺は思っていたのかもしれない。
だが、ソンメジャは微笑みを消すことで自分が人形ではないことをあらわした。
強く結ばれた唇が意志の強さを伝えていた。
大きく見開かれた切れ長の目に見つめられて、俺は息苦しささえ感じた。しかし、それは恐怖のせいではなかった。美しさのせいだ。

俺は思わず口を開いた。

ソンメジャだね?

しかし、ソンメジャは少しつらそうに顔をしかめるばかりだった。俺はもう一度たずねた。

名前はソンメジャだね?

すると、彼女は何かしゃべろうとした。途端に我慢しがたい雑音が耳に響いてきた。俺は彼女がDEF SONICであることを忘れていたのだった。DEF SONICには言葉が通じないどころか、発される言語がすべて鼓膜を裂くような騒音になってしまう。

俺は顔をしかめた。キムはうずくまったまま耳をふさいだ。

ソンメジャははっとした顔を手で覆い、それから小さく頭を下げた。首から下げた名札が揺れた。

DEF-065R　ソンメジャ。

確かにそう書いてあった。

どうしていいのかわからなかった。

ソンメジャがふわりと浮いたまま移動するような滑らかさで部屋に入ってくると、キムはその場で手を合わせ、まるで釈迦に祈るような姿になった。だが、『金剛仏心』の信者とは違って、キムはどうか頭の中をのぞかないでくれと懇願しているのだった。

それがわかるのかどうか、ソンメジャは一瞬またあの耐えがたい雑音を発し、すぐに黙り込んで悲しそうな顔をした。

何を話しかけたところで、少なくとも言葉では伝わらない。そう思うのだが、探し求めていた相手を目の前にじっと沈黙しているのが悔しかった。もしも、キムが恐れる通り、ソンメジャが人の心を読み、何かを伝えるのであれば今すぐにそうして欲しいと思った。

心臓が踊り出し、すっぱいような思いが喉の奥からわき上がってきていることを、俺は彼女自身に知ってもらいたいと思っていたのだった。恐ろしさを忘れ、ソンメジャの美しさに茫然としている自分を俺は扱いきれずにいたのだ。


読者、あたしは食糧を確保してくるよ。

唐突にキムがそう言った。まるでソンメジャなどこの場にいないというような態度で、キムは俺の肩に手を置く。さっきまでの当惑ぶりが嘘だったと言わんばかりに、キムはしっかりとした口調になり、事務的にしゃべった。

このまんまじゃ、今夜ひもじい思いをすることになる。いいや、今夜どころじゃないね。夜のうちに動いておかないと、明日の昼間も外には出られないよ。やつらが狙ってるだろうからね。

それはそうだろうけど、なんでまた急にしっかりしたんだ？

俺は皮肉っぽくそう聞いた。キムはやはり俺だけを見て答えた。

余計なことを頭に注入されたり、知らないうちに脳みその中に忍び込まれるより、外で危険な目にあってた方がましさ。あたしの性格ってもんだよ。ただ、読者、逃がすんじゃないよ。慣れてきたら、この娘から聞きたいことがたくさんあるんだ。

だったら、今、自分で聞けよ。

聞き方がわからないから困ってるんじゃないか。あんたがその方法を考え出してくれなきゃ。

俺が？

そうだよ。そのかわり、あたしはあっちこっち走り回って、食べるものを調達するからさ。あんたは頭脳労働、あたしは肉体労働。なんだって分担するんだよ。それが仲間ってもんじゃないか。

キムおばさん、いつから俺たち仲間だったんだ？

少し考えて、キムはきっぱりと答えた。

あの地下の屋台でこの娘の踊りを見た時から。そうだろ？

こうして俺はコミュニケーションの手段のないまま、ソンメジャと二人きりで暗いホテルの部屋にこもることになった。

ソンメジャは目が合うと微笑んだ。

それだけで俺は天にも昇るような気持ちになったが、それ以上深く物を考えてはならなかった。ソンメジャに口づけをする俺や、シラミだらけは確実のベッドの上で抱きあっている二人……。そういう想像がちらちらと頭をよぎる度、俺はあわてて打ち消した。もしもソンメジャが人の心を自由自在にスキャン出来るのなら、俺は一瞬にして忌み嫌われてしまう。

だが、一方で俺はその恋心をむしろ激しく燃やすべきかもしれないと迷っていた。強い思念であればあるほど伝わる可能性もあったからだ。奔放な想像にふけるか、あるいは自我を滅して時を過ごすか。俺はまるで受験生の悩みのようなものを抱えて、夜のソウルを見下ろしていた。

小一時間も経った頃だろうか。

ベッドの端に腰かけていたソンメジャが立ち上がった。

そして、俺がそちらを見るのを承知で不思議な形に腕を伸ばし始めた。腰を少し落とし、深い呼吸をする。呼吸と一緒にひゅうひゅうと風のような音がした。ソンメジャは明らかに俺に何かを見せたいのだった。それが証拠に目は俺から離れない。ひゅうひゅうと流れ出す息は、雑音にならずに聴き取れた。風は三拍子に分けられていた。

正しく言えば、三拍子に区切って息を吐き、素早く空気を吸い込んではまた三拍子で息を吐く。その呼吸とともに、ソンメジャは上げた腕を柔らかく泳がせた。ふわりふわりとソンメジャは足を進めた。やがて、三拍子目には必ず腰が深く落ちることがわかった。最初はクラゲが海底をさまようように見えていた体が、実は規則的に動いているのがわかると、俺はなぜか妙にうれしくなった。

知らぬ間に俺も立ち上がっていた。

立ち上がった俺をじっと見つめたまま、ソンメジャはすっと真横に動いた。三拍子目だった。俺の体もつられてそちらに動く。すると、ソンメジャはうれしそうに微笑み、次の三拍子目に息と動きを止めた。

言いたいことはわかった。今度はどっちに動けばいいかと聞いているのだ。

俺は自分から後ろに下がった。すかさずソンメジャは前に出た。

風のような三拍子を俺は真似た。真似ながら腰を落とし、両腕を肩あたりまで上げて、手首を柔軟に動かしてみた。ソンメジャは少女のように飛び上がって喜んだ。そして、俺を驚かすように三拍子目でベッドの上に片足をかけた。

同じ瞬間、俺は床に尻がつくほど腰を落としていた。また息を吐く。三拍子目でソンメジャはくいっと肩を上げ、体を回転させた。俺はソンメジャの美しい目を逃すまいと、追いすがるように動いた。すべての動作がエロチックだった。時にはソンメジャが積極的に俺を誘った。時には天に向かってはね、地に向かって沈んだ。離れかけては近づき、無視しては心を通わせるような偶然の動き。互いのその時その一瞬の動きのコンビネーションが、あたかも会話のぶつかり合いのように意味を形成し、すぐにまた砕き去った。

ホテルの窓からは月の青い光がさし込んでいた。光の中でソンメジャは風とともに踊り、俺はその動きに見とれながらも自ら応じるようにして手を振り、足を進めた。

これがキムの言う韓国舞踊の精髄なのか。この自由で力強いリズムと、柔らかくてなおかつ壊れることのない強靭な動きが……。

そう考えることが出来たのはほんの一秒程度だった。俺は無心に戻ってソンメジャを真似、その三拍子に身をゆだね続けた。

ソンメジャは俺に踊ることを教え、そこに言葉以上のコミュニケーションが存在することを覚え込ませていたのだった。

読んでくれていますか?

いとうせいこう拝
Sincerely yours, Seiko Ito

第九信

Subject: 親愛なる
Date: Mon, 23 Feb 1998 14:11:25 +0900(JST)
From: 親愛なる者より／いとうせいこう 〈seiko@×××.jp〉
To: you@×××.jp

『WHO@WHERE』
by seiko@×××.jp

第六章
『ダイアモンドの襲撃』

踊り続けたソンメジャはやがて短い毛足の絨毯の上に倒れ込み、そのまま眠った。

素早い眠りはまるで幼い者のようで、思わず微笑まずにはいられないほどだった。

無我夢中で彼女の動きに合わせ、腰を落としては伸び上がっていた俺もさすがに疲れ果てていた。

月明かりの下で聞こえるものは、ソンメジャの寝息だけだった。小さな洞窟を吹き抜ける風のようなその寝息は、やはり三拍子に区切られているように思えた。夢の中でさえ、ソンメジャは踊っているのかもしれなかった。時おり、肩をぴくりと動かす。それが緊張のせいなのか、睡魔に捧げる舞踊の仕草なのかが俺にはわからなかった。

わかっていることはただひとつ、熱気を帯びた踊りの最後にソンメジャが繰り返した言葉だけだ。


しゃべりたいのだ。

小さき者よ。

私はお前に伝えたい。

そう、それは確かに言葉以外の何ものでもなかった。声帯を震わせることもなく、唇を開くこともなく、ソンメジャは何度も何度もその三つの文章を繰り返した。少なくとも俺はその声を聴き取り、うなずいてみせた。いや、聴いたのではない。だが、感じたと言えばいかにも曖昧だ。意味は呼吸から伝わり、動きから伝わった。
肉感的に思い出せるほど確実に、その言葉は俺の脳に響いた。

しゃべりたいのだ。
小さき者よ。
私はお前に伝えたい。

しゃべりたい、しゃべりたい、しゃべりたい……。ソンメジャは俺の目をのぞき込みながら、ひたすらにそう「言った」。眉根を寄せ、涙を浮かべ、挑みかかるように無言で訴え続けるその様子は、いつの間にか俺の動悸《どうき》を荒くし、嗚咽《おえつ》を誘った。

しゃべれ。
ソンメジャ。
しゃべるんだ。

俺はそう言った。

伝わっているのかどうかに自信が持てず、俺は執拗に叫んだ。


しゃべれ。

ソンメジャ。

しゃべるんだ。


ソンメジャは踊りを速めた。だが、伝わってくるのはまったく同じメッセージだけだった。しゃべりたい、しゃべりたい、しゃべりたいのだ、小さき者よ、私はお前に伝えたい……。だから俺もまくしたてるように叫んだ。しゃべれ、ソンメジャ、しゃべるんだ、しゃべれ、ソンメジャ！

ソンメジャは何も聴こえていないかのように舞踊を続けた。

俺も踊った。叫びでは伝わらないものを手足の動き、腰の揺れ、リズムのすべてに変えて俺は踊った。言語の違う者を前にして激しくいらだちながら俺はありもしない言葉を踊り、ありもしない意味を動いた。ソンメジャには何も伝わっていないように思えた。

そして、ソンメジャは倒れ込み、眠った。

しゃべりたいとせがみ続けたソンメジャは孤独な夢の世界へと退避し、俺一人が取り残されたのだ。

かすかな寝息だけが、唯一俺たちをつなぐリズムだった。

一時間ほど、俺はソンメジャの小さな顔を見つめていた。

自分がこの女のために生まれてきたような錯覚があった。この女を護《まも》り、この女の訴えを聞くために俺は男として生を受けたと思った。美しい鼻と薄い唇が俺を生かし、揺れる手とたわむ足が俺を必要としていると感じた。

うっとりとしたその至福の時を裂いたのは、乱暴にドアを叩く音だった。

読者！　読者！

キムの声がした。

うるせえな、クソばばあ！

俺は素直に感情をあらわし、ドアを開いた。

キムは片手にビニール袋を下げ、顔を真っ赤にして立っていた。買物帰りのおばさん風情がなぜ俺の純粋な恋を邪魔出来るのか。腹立たしくて、つい言葉がきつくなった。

帰って来ていいって誰が言ったんだ、キム？

すると、キムは目を丸くし、部屋の中をのぞき込んで言葉を返した。

あら、床の上でお楽しみ中だったのかい。ひどいことするもんだねえ。うら若い女をひっぱたいて好きにしようだなんて。男ってやつはいつまでも鬼だね。

そんなこと、してねえよ！

俺が本気で怒鳴ると、キムは笑顔になって部屋に入り込んだ。

あんた、どうやら本気だね。

何が本気だって言うんだ？

その娘に惚れた。顔に全部出てるよ。

俺は黙った。キムはビニール袋をベッドの上に投げ、窓際の椅子まで行って座った。ソンメジャはまぶたをこすりながら起き出してきていた。

お二人が惚れたはれたをやってるうちに、外はえらいことだよ。

キムは再び赤ら顔になってそう言い、そのまま続けた。

あたしは南大門《ナムデムン》市場に行ったんだよ。案の定、あそこは地下に通じてた。闇の世界はおそろしいよ。地上軍に物を売って金を儲けてるやつらがいたのさ。即席ラーメンが安いこと、安いこと。

それがえらいことかよ？　けっこうなことじゃないか。

俺は目を覚ましたソンメジャのために、椅子を譲った。ソンメジャは少し恥じ入るような仕草をしてからそこに座った。

とんでもない。そんなことは韓国じゃ当たり前だからね。あたしが言ってるのは、DEF SONICのことさ。その娘を探して死の行進をし始めてたアフリカ人やら、色々のことだよ。

キムは的確に短く状況の変化を話した。

楽器を打ち鳴らすDEF SONICはアフリカ人だけではなかった。地上のあちらこちらに現れたDEF SONICたちは太鼓を打ち、鉦を鳴らして歩き回っているのだという。

そして不穏なことに、その周囲で地上軍と金剛仏心の戦闘が始まったというのだった。地上軍は当初、DEF SONICを野放しにし、ソンメジャの居場所を探り当てようとしていた節があった。また、金剛仏心はその先回りをし、同じくDEF SONICたちとソンメジャの出会いを望んでいたらしい。

まずはその二つの勢力が衝突したわけだ。

金剛仏心は機雷のようにトゲの出たつぶてを投げて、地上軍兵士の顔を潰し、毒を込めた吹き矢を錫杖《しゃくじょう》から放って、兵士どもの首を狙っている。地上軍はレーザー銃で対抗し、手榴弾《しゅりゅうだん》を爆発させ、近代兵器で金剛仏心のゲリラ戦をせせら笑っている。DEF SONICたちはそのはざまにいて、ひたすら楽器を奏でているのだという。


おかしなことになってきたよ。

キムは真剣な顔でそう言った。

金剛仏心がなんで急に矢面に出てきたのか、それをよく考えないといけない。

元拠点司令官としてキムは俺に教えさとした。

これまで裏に隠れてソンメジャを守ってきたんだ。それが攻撃に移ったってことは、その娘が危ないからさ。つまり、地上軍がこの隠れ家を突き止めた可能性が大きい。坊さんたちはそれであちこちから現れて、戦闘を始めた。攪乱《かくらん》してるのさ。だから……。

キムの分析に狂いがないことは、唐突にドアが開け放たれたことで証明された。

十人ほどの男女が一様に長い衣を着て立っていた。

地上に出てすぐ出会ったあのR者と同じく、皆大きなフードをかぶっている。

右手に持っているのは韓国仏教特有のひとつひとつがクルミほどもある数珠だ。

その方を渡していただこうか。

中の一人が言った。妙に深くしわがれたその声が半ば機械化されているように思えた。

ほらね、金剛仏心は見張ってたんだ。あんたたちの甘い語らいを全部盗み聞きしてたんだよ。

そうだろ、殺生坊主？　で、この娘を渡すとどうなるんだい？

キムはあくまで冷静にそう質問した。再び機械化された声が響き渡った。

安心してくれ。ソンメジャ様を傷つけるようなことはしない。その方は我らの救い主だから。

首領格の言葉が終わると、他のフードたちは誓いのようにつぶやいた。


ソンメジャ様は言語の救世主。

正しく、卑しく、そして美しい御方。

新しく懐かしい言語を与えて下さる仏。

世尊であり、この世に現れた如来。

深く深く貴方に帰依いたします。


ソンメジャがいる以上、金剛仏心のメンバーは手荒な真似が出来ないらしかった。

事実、衣姿の男女は皆顔を伏せ、今にもひざまずきそうにしている。だが、当のソンメジャはひどく脅えていた。俺の背中に隠れ、巣から離されたリスみたいに震えているのだ。思わず俺はやつらに言った。

渡す渡さないの問題じゃないぜ。ソンメジャが行くか行かないかだ。そうだろ、坊さんよ?あんたたちが崇めてる仏様が決めることだ。

相手が答える前にキムが口をはさんだ。

救い主でも如来でもなんでもいいけどさ、さっきまで見逃しておいて今急に連れて行くってのがわからないね。納得がいかなけりゃ、あたしはこの娘を渡さないよ。

一体何が起きたんだい?

キムは状況を相手から聞き出そうとしていた。さすがに素人ではない。格好は買物帰りのおばさんでも、中身が違うのだ。首領格は落ち着きはらって答えた。

地上軍がソンメジャ様を殺そうとしているのだ。ソンメジャ様だけではない。地上軍司令部はつい三十分ほど前、すべてのDEF SONICとR者の殲滅《せんめつ》を決めた。したがって、これから地下で一斉にD/R狩りが始まる。もちろん、この地上でもだ。貴君らが目撃したDEF SONICも例外ではないぞ。楽器を奏でているうちはソンメジャ様をいぶし出すオトリとして殺されずにすんでいたが、もう終わりだ。ともかく、我らはまず何にかえてもソンメジャ様をお護りしなければならない。

なるほど。地上軍とやらはそこまで追いつめられていたのか。

俺はそうつぶやいた。しかし、キムは納得しなかった。

それだけが理由かねえ？

問われて首領格は小さく息をのんだ。キムは続けた。

地上軍がこの娘をそこまで危険視する気持ちはわかるよ。でも、あんたたちの勢い込み方もずいぶんなもんじゃないか。追いつめられてるのは金剛仏心も同じなんじゃないかい？　あたしはさっき南大門市場でおかしな噂を聞いたんだ。

キムは金剛仏心のメンバー一人一人の顔をのぞき、ゆっくりと言葉を継いだ。

あんたたち金剛仏心が急激な悟りを必要とし始めたって。権力闘争か何かで過激派リーダーが勝ったんだろうって、市場の闇商人は言ってたけどね。地上軍と正面からぶつかる気らしいよって、闇商人たってあたしらと同じおばちゃんさ。でも、おばちゃんをなめてもらっちゃ困る。生きていくために精一杯の力を使ってることじゃ、あたしら誰にもひけはとらないからね。


キム、急激な悟りってなんだ？

俺はすぐに口を開いた。間をあけたら最後、フードをかぶった連中にごまかされてしまいそうだったからだ。キムは俺を見ずに答えた。

あたしも闇商人にそう聞いたさ。すると、クールなおばちゃんはこう答えたもんだ。

キムはいったん言葉を切り、おかしな声色を使って商人の真似をした。

方便さ、方便。やつらはいつだってそうだよ。タントラなんとかって言ってるらしいけどね。要は地上を支配したいだけなのさ。だから、急激な悟りってのはイコール開戦宣言だね。自分たちは悟りを得た、だから相手を殺す。そう言い張るための方便だよ。


仏に仕える者に対して、そういう口のきき方はやめていただこうか。我らの信仰はダイアモンドより硬い。金剛すなわち我らの心なり。それを方便と言われては許せない。

首領格がそう言った。罰当たりな俺たちを責めるためなのか、信者どもは一斉に経文を唱え始める。ソンメジャ様は言語の救世主、正しく、卑しく、そして美しい御方、新しく懐かしい言語を与えて下さる仏、世尊であり、この世に現れた如来……。

だが、俺は聞いていなかった。

じゃあ、ソンメジャを欲しがるのも方便なんだな、キム？

たぶんね。この娘を手に入れて、それで救い主が現れたと主張するんだろうよ。この娘が衆《しゅ》生《じょう》を急激な悟りに導いたと言いふらして、地下でも地上でも一気に戦いを始めるつもりさ。

機械化された首領格の声のボリュームが上がった。

馬鹿なことを言うな！　お前たちはソンメジャ様を地上軍に渡してもいいのか？　やつらはじきここに来る。この場でソンメジャ様をあやめる。このホテルのこの部屋でだ！

首領格はそのまましゃべり続けたが、俺はキムの様子だけを見ていた。彼女はすでに逃走の可能性を探っているはずだった。十人いる連中の中央を突破するのでなければ、窓から飛び降りる気だろうか。それとも……？

すると、キムは降伏するかのように両手を上げた。

わかったよ、お坊様。この姫は渡すさ。

キムの目論みはうっすら伝わったので、俺も芝居に参加した。

キムがそう言うなら仕方がない。ソンメジャ、元気でな。

振り向くと、ソンメジャは泣き出しそうな目で俺を見た。

大丈夫だ、ソンメジャ……ほら。

俺はソンメジャに教わったばかりの踊りを踊ってみせた。

金剛仏心のメンバーに背を向け、ソンメジャの目をじっとにらみつける。伝わってくれ、逃げ出すチャンスを作っているのだとわかってくれ。俺は必死にそう願い、なおも左右に足を運んだ。

キムは首領格に声をかけた。

それなら、下までお送りするよ。さ、仏様のお通りだ。そこを開けな。


もちろん、俺たちは逃げたのだった。ホテルのエントランスで手当たり次第に物を投げ、相手かまわず殴りつけて、俺たちは走り出したのだ。

ソンメジャは手を引かなくともついて来た。ふわりふわりと浮くようにしてソンメジャは、逃亡がまるで遊びであるかのように楽しげに俺たちのあとをついて走った。

左右に揺れるその動きが、部屋でやってみせた俺の踊りに似ていたことがうれしかった。ソンメジャはあの時の俺の気持ちを理解し、それを伝え返そうとしているのではないか。そう思うと、息が切れるのも苦にならなかった。

明洞の中心地を東に抜け、高架路の下をひたすら走って南へ……。右手の明洞大聖堂《ミョンドンデソンダン》には地上軍部隊が駐留していたが、やつらは逃亡者が接近してくるとは思わなかったらしい。それもキムの計算だったのかもしれない。

どこまで逃げるんだ、キム、地下に戻るのか？

俺は腰を低く保ち、ビルの陰からあたりを警戒して言った。

すると、キムは答えた。

金剛仏心が言ってただろ。D/R狩りが始まるって。地下の方がよほど危ないのさ。だから、あたしらは上へ上へと向かうんだ。
上へ?
そうだよ、あんたにも目的地が見えるだろ?
キムは前方の山頂を指さした。
ソウルタワーだ。

いとうせいこう拝
Sincerely yours, Seiko Ito

第十信

Subject: 親愛なる
Date: Mon, 23 Mar 1998 16:19:35 +0900(JST)
From: 親愛なる者より／いとうせいこう 〈seiko@×××.jp〉
To: you@×××.jp

『WHO@WHERE』
by seiko@×××.jp

第七章
『魂の塔』

ソウルタワーとはまた大胆な選択だった。

南山《ナムサン》の上にそびえたち、ソウルを見下ろす塔。

かつて南山はその名の通り都の南に位置していた。李氏朝鮮時代以来、そこは首都を護衛するための重要なポイントだった。だが、二十世紀後半に起こった奇跡の経済発展によって、都市は急激に拡大し、南山はソウルの中心へと取り込まれたのだ。

だから、俺たちは地上軍が支配する都市のど真ん中へと逃亡していたのだった。

その昔はケーブルカーが稼働していたほどの山に登るとすれば、キムは長期戦を予想しているのかもしれなかった。

だが、食糧は？

暖かいベッドは？

それより何より、地下に戻る気はまったくないのだろうか？

荒れ放題の木々をかき分けながら遠い頂上をあおぎ、俺はそう質問をしかけてすぐに言葉を呑み込んだ。

いや、始まってしまったものは仕方がない。

ソンメジャがついてくる限りは、行軍に耐えてみよう。

傾斜は急だった。

俺は何度も足を滑らせかけた。

キムはよほど足腰が強いらしく、ショベルカーが土をしっかりとつかむような調子で確実に足を進め、上へ上へと体を運んでいく。

ソンメジャはと見れば、平坦な道を行くよりさらに軽やかにステップを踏み、生え出た草をひょいひょいとよけながら微笑んでいるようだった。

まるでハイキングに興じる子供。夏休みの登山のようだ。

振り返れば、明洞のあのおかしな記号を連ねたネオンが見えた。ということは、逆に向こうからも山肌にへばりついた俺たちが見えているはずだった。アリか何かのように小さく卑しい虫として、すでに俺たちは発見されているのではないか。

俺は絶望的な気分になるのを必死で抑え、息を切らしては手当たり次第に近くの木につかまってキムを追った。

いつの間にか俺は小さな頃、田舎に住む叔母に連れられて山に入ったことを思い出していた。叔母はキムのように力強く同じ速度で登り続けた。ソンメジャのように、草をよけて山を歩いた。

歩幅も小さく、あたりの様子を知らない俺だけがおどおどとあとを追い、周囲の木々の間を見透かしてはおそろしい物がいないかと目をこらした。

確か秋だった。

俺の好きな季節だが、その時の思い出だけは不思議な暗さをもって残っている。

風か何かで折れた小枝の先で腕を切った。かすり傷だったが、まるで腕に輪をつけられたような形で血があふれた。血が流れてきたことを俺は叔母に言えなかった。それしきのことで弱音を吐けば、薄暗い山の中に置いていかれるような気がした。血を流すこと自体が山の掟に触れている気もした。

俺は一方の手の平で腕をさすり、血を隠しては歩いた。のばした血が腕全体を茶色く見せていた。今から思えば光線の加減に違いないのだが、子供の俺は腐り落ちるのではないかと心配になった。

叔母は気づかず、黙って先を行く。

もしも、このまま血があふれ続ければ、俺は出血多量で死ぬかもしれない。小さな俺はそう思って歯をくいしばった。

一度だけ、俺は叔母の背中にこう声をかけた。

ねえ、叔母ちゃんの血液型は何？

叔母は振り向きもせずに答えた。

A。あんたと同じだよ。

俺はほっと息を吐いた。叔母の血をもらって生きていけると安心したのだ。まったく子供らしい馬鹿らしさだが、俺は心細かったのだ。山の中で置いていかれる不安と、木々の根の上で息絶えるのではないかという恐怖が、俺の魂の芯に植え付けられていた。


キムは叔母と同じく何も言わずに、俺を山の奥へと導いていた。

なあ、キム。あんたの血液型は何だ？

意味もなく、俺はそう聞いてみた。

あの時の叔母のようにキムは振り向かなかった。

だが、返ってくる言葉は叔母のものとは違っていた。


なんだい、血液型って？


それで会話は終わった。俺たちは再び、黙々と闇の中を進んだ。

俺はまた、浮かんでは消える記憶の切れ端につかまって、過去を思い出し始めた。

そもそも地上戦の前までは、俺は世界各地を放浪していたのだった。家にこもってコンピュータをいじっている方が性に合っていたというのに、俺は唐突に日本を離れ、目的もなく世界を回った。

そして、韓国にたどり着き、長く滞在した。おかげで今、地上軍という得体の知れない組織に追われ、金剛仏心を名乗る気味の悪い集団を敵に回すことになってしまった……。


すべてはあのおかしなメイルのせいだった。

あんなメイルさえ読まなければ、俺は旅になど出なかった。

そう思うと自嘲気味の微笑みがわき出た。

皮肉な笑いは旅の記憶を呼び出した。


炎熱のサウジアラビアで俺は下痢に悩まされていた。

俺はついに道端にうずくまった。

腹を押さえてうなり声を出す俺の横に、同じ格好をしてうずくまる人々がいた。ちょうど祈りの時間が来ており、彼らはメッカの方向に敬虔な祈りを捧げていたのだった。

俺はあろうことか、偶然メッカを向いて倒れていたのだ。

トイレはどこか教えて下さい。

必死にそう言ったのだが、彼らは片言の英語を理解してくれず、むしろ東洋人が熱心に祈っていると感心するあまり、次々と俺のそばに集まってうずくまる始末だった。俺は群衆にはさまれた格好で腹痛に耐え続けなければならなかった。

タンジールまで行ってみようと貨物船に忍び込んで見つかり、警察沙汰になりかけたこともあった。誰が警察で誰が船員かわからないまま、なけなしの金を払って許してもらった。

やがて俺は無一文になった。

『確認のため、質問させて下さい。
you@×××.jp
以上のアドレスは、確かに貴方のものでしょうか?
御返信下さいませ』

そのメイルがすべての原因だった。
相手は俺からのメイルをもらったというのだった。
俺には覚えがなかった。
私はそんなメイルを書いていていません。

そう返信したのがきっかけだった。

俺はそのおかしな男から立て続けにメイルを送られ、そのおだてに乗せられて放浪の旅をすることになってしまったのだ。

男は俺の人格やら経験やらを勝手に予想し、次から次へとメイルを書いてよこした。出してもいないメイルを元にして、男は俺の正体を知りたいと強く願い、迷惑な推測を続けた。

『貴方はやはり世界中を旅してしまう人で、なんと台湾から北アフリカまで漁船で渡ってしまい、その船旅の途中で僕への借金申込みに良心の呵責《かしゃく》を感じたため、一度すべてをチャラにしたくて〝私はそんなメイルを送っていません〟と書いた』

男のメイルの中では、俺は大胆不敵で放浪好きの人間だった。

エルサレムで、ケープタウンで、ポカラの湖で、アンカラで俺は面白おかしく過ごしていた。

男の文面は俺を誘った。

日本の小さな部屋の中でちまちまとマシンをのぞくだけの俺は、やがて男が繰り広げる想像の中での俺でいたいと思うようになっていた。

そして、俺は旅に出た。

出なければならないようにされてしまった。

読者。

俺を呼ぶ声がした。

読者。

キムが俺の心を見透かしたように声をかけてきていた。

気配を察したソンメジャも、木の幹に背中をもたせかけて俺を見つめている。

キムは言った。

なんだかぶつぶつ言ってたけど大丈夫かい？

俺はあわてて答えた。

俺が？　ぶつぶつ？　なんだろう？　金剛仏心のお経かな？

馬鹿なこと言ってるんじゃないよ。いいから、あそこを見てごらん。

キムは俺の背後にある街の方へ顎をしゃくった。

あちらこちらに火の手があがっていた。

市街戦が始まったんだよ、とキムは小さく言った。

だが、それらしい音が一切しなかった。火はただただ静かにソウルを点々と灯しているのみなのだ。ある場所では黒煙を上げ、またある場所では青く光り、またある場所ではオレンジ色の竜巻になって燃え盛っている。

銃声がしないのはなぜだ？

俺がそうつぶやくと、キムは答えた。

DEF SONICを探すためだろうよ。

まるで意味がわからなかった。俺はキムの方を見て、きょとんとした顔になった。キムはどさりと音を立ててその場に座り込み、腰に巻きつけていた布袋から干したイカを出してくらいついた。

ほら、ソンメジャちゃん。あんたもイカをお食べ。

キムは袋から別のイカを取り出して、ソンメジャの方に放った。

イカがいやなら餅《もち》もあるよ。南大門市場で色々と仕入れたのさ。

キムはそう言って、ごろりとあお向けになった。

俺はすっかり状況から取り残され、少し腹が立った。


どういう意味なんだよ、キムおばさん?

意味ってあんた、イカはイカ、餅は餅じゃないか。

そうじゃないよ。DEF SONICを探すためだろうって……?


キムはイカを口から離し、空に目を向けた。

そうやって何かを推理している真剣な表情になってから、キムはしゃべり始めた。

まず、地上軍と金剛仏心が本格的に戦い始めた。それに間違いはないだろうさ。金剛仏心はアジア全域の信者をソウルに集め終わったんだね、きっと。それで一斉に地上に上がって来たのさ。

うん、なるほどと俺は言い、イカに手を出さないソンメジャのためにそれをひろい上げて引き裂いてやった。キムは続けた。

ところが、おかしいじゃないか。なんの音もしない。ってことはさ、どっちの部隊も無音で戦うように指示されてるんだ。声も出さずに人の首を切ったり、火をかけていぶし出したりしてるんだよ。そんな不気味な戦闘なんか、あたしでも経験がないね。

俺は小さくしたイカを差し出した。ソンメジャは恥じらうような仕草を見せてから手を伸ばし、それをつまんで木の陰に隠れた。心臓が引き締まるような感覚があって、俺の頬は赤らんだ。

キムは何かを言っていた。俺は最初のあたりを聞き逃した。

……で、それがDEF SONICなのさ。

え、何が？

あんた、ちゃんと聞いててくれよ。だから、両軍ともに楽器を抱えたあのDEF SONIC探しに必死なんだよ。なぜかって言えば、やつらの居場所さえわかれば、ソンメジャを見つけ出せると思ってるからなんだろうと思うよ。あんたもあの黒いのを見たろ？　命を捨てる気で太鼓を鳴らしてたんだ。音の行方がソンメジャの行方。みんなそう考えてるのさ。だから、誰もが耳をすませてるのさ。ソウル中から聞こえる音を聞き取ろうとして、人を殺しながら耳をすませてるんだ。同じDEF SONICとして、ソンメジャにつき従う忠実なしもべたちが鳴らす音を……でもなぜ？

キムはイカをくわえたまま黙り込み、考え始めた。

俺は俺で黙っていた。イカをかじるソンメジャの横顔に見とれていたからだった。

その俺たちの耳にシャンシャンという鉦の音が聞こえた。

小さな響きながら、それは確実に届き、ソンメジャの体を震わせた。なぜだろう、ソンメジャはその響きに過剰な反応を見せ、それまでの恥じらいを忘れたように木の上に登ろうとし始めた。

それ以上は俺たちにも聞き取れなかった。

だが、ソンメジャだけは続く音を聞いているように見えた。木の上に登るのをやめ、細い足であたりの草を何度も蹴るのだ。蹴っては耳をすまし、ソンメジャはまた草を蹴り、また木の幹を叩く。


来たよ、DEF SONICが。


キムは短くそう言った。俺はキムに聞いた。

あんたには聞こえるのか？

いいや。だけど、ソンメジャが答えてる以上、こっちに呼び寄せてるんだろうよ。さあ、もっと上に行こう。

キムはソンメジャの肩に触れ、頂上のソウルタワーを指さした。そのまま後ろを見もせずにキムは歩き出す。

ソンメジャは抵抗もせず、あとに従った。ひょいひょいと飛ぶあのステップを始め、時おりそばにある木を独特のリズムで叩く。

おそらく、DEF SONICに居場所を伝えているのだと思われた。

俺はその動物たちのような言語を聞き取ろうと息をひそめ、苦しい登山に身をゆだねる。

ソンメジャは相手からの言葉を受け取っているに違いなかった。俺たちが聞くことの出来ない音域で、おそらくDEF SONICたちはコミュニケーションを始めていた。いや、ひょっとするとこれまでもソンメジャたちは会話をしていたのかもしれなかった。ひょいひょいと飛ぶステップは何かの単語かもしれなかったし、道路の上をふわふわと浮かぶように走るリズムもまた言葉であったのだとしたら……。


やがて、ソンメジャは山を登りながら両手を浮かせた。肩のあたりまで腕を上げ、そこから先をゆらゆらと動かし始めたのだ。それはホテルのあの部屋で見た至福の舞踊そのままだった。


しゃべりたいのだ。

小さき者よ。

私はお前に伝えたい。

そう話しかけられたように思ったあのダンスを、ソンメジャは山の斜面でゆうゆうと行い、足では別のリズムを刻んでいた。俺はそれがどんな意味を示しているのかを知りたかった。

葉ずれの音。

キムの息。自分の乱れる鼓動。

ソンメジャが蹴る草の音……。

それらを注意深く聞きながら、俺は激しい嫉妬にかられていた。こうしている間にも、ソンメジャは他の誰かと親しく言葉を交わしている。そう思うといてもたってもいられなくなった。

俺はわざと咳をし、足で強く山肌を蹴りつけた。

すると、ソンメジャが俺の目の前に立ちふさがった。顔を上げた俺をソンメジャが見つめていた。ソンメジャは微笑んだ。微笑んでから左右にふわっふわっと動いた。両手の甲がちらちらと白く輝いていた。

嫉妬は即座に消え去っていた。

ソンメジャが俺を気にかけてくれたからだろうか。いや、違う。彼女は確かに俺に話しかけたのだ。そして、俺はどこかでその言語を聞き取り、たかまった感情のガスをすっと抜いたのだ。

しかし、聞き取った場所が俺にはわからなかった。耳ではない気がした。では、目だろうか。ソンメジャの動きをもらさず見つめた俺の目が意味を解したのだろうか。それとも、皮膚……?

あっけにとられた俺をその場に置き、ソンメジャはまた斜面を登り始め、どこにいるともしれない誰かに向けて木の幹を叩いた。


この言語は一体なんなのか?

なぜDEF SONICたちはそれを知っているのか?

そして、地上軍と金剛仏心はなぜその彼らを追っているのか?

俺は何もかもがはっきりとしないまま、ひたすら二人の女たちに追いすがった。意思なく、しかし何かを知っている気になって行動を続けるその様子はまさしく夢のようだった。

夢の中に閉じ込められて、俺はソウルタワーを目指していた。

何かがそこにあるのは確かだった。

自分の魂の中心に向かっているような気がした。

だが、それは疑いようもない現実なのだった。
なぜなら、次の瞬間、俺は飛び出してきた誰かに腕を切られたからである。

いとうせいこう拝
Sincerely yours, Seiko Ito

第十一信

Subject: 親愛なる
Date: Tue, 21 Apr 1998 14:26:20 +0900(JST)
From: 親愛なる者より／いとうせいこう 〈seiko@×××.jp〉
To: you@×××.jp

……………………………………

『WHO@WHERE』
by seiko@×××.jp

第八章
『王妃ソンメジャ』

最初は熱いものに触れられたとしか思わなかった。

反射的に腕を振ってその熱いものを払うと、目の端に動くものがあった。俺はまだ事態を把握出来ずにおり、ばたばたと動くものが山を駆け上がるのを許していた。

読者、戦うんだよ！

俺を目覚めさせたのはキムの声だった。

目を上げれば、色とりどりの服を着た男たちがいた。

どの男も沈黙を続けたまま、ソンメジャの前に立っている。おかげで俺にはソンメジャが消えたように見えた。

読者！

再び声がして、俺は走り出した。右腕で一人の男の襟首をつかみ、思いきり引っ張って倒そうとすると激痛がした。俺の右腕から血が流れていた。そこでようやく、やつらに切られたのだとわかった。

よろめく男の向こうにソンメジャがいた。俺の方を見ているその目には恐怖心というものがなかった。懐かしさのような感情に満ちていて、どこか幸せそうなのだ。

嫉妬が痛みをしのいでいた。男たちに囲まれながら安らいだ顔をしているソンメジャが俺には信じられなかった。そして、嫉妬は男たちが誰であるかを俺に告げていた。

DEF SONICだった。

戦闘の構えを崩さないまま、しかしキムは動かずにいた。キムもまた、男たちの正体を知った様子だった。

俺は言った。

キム、こいつらは味方なのかな。それとも……。

答えはすぐに返ってきた。

あんたもノンキなもんだね。腕をやられてよくそんなことを。

じゃあ、敵なのか。敵なら死ぬ気で戦うけど。

うん……あたしにもわからないんだよ。わかろうとするんだけど、なぜだろう、戦闘意欲がわいてこないのさ。なんて言うのか、こう、おかしなガスか何かでも吸わされたみたいに。

キムはそこまで言ってからテコンドーのような構えを解き、両手をだらりと下げてしまう。その脱力が伝わったのか、俺の全身からも緊張感が抜けた。

途端に腕が痛み出した。目をやると、腕には一本の血の筋が出来ていた。血は手の甲をつたい、ぽたぽたと地に落ちていく。どこまでが傷なのかがわからず、俺はやみくもに悲鳴を上げたいような気分になった。

男が一人近づいてきて柔らかな仕草で俺の腕を取り、腰に巻いていた布を歯で切り裂いた。胸に下がっているのは、やはりDEF SONICのしるしだ。俺はやつのしたいようにさせておいた。男は布きれを丁寧に俺の腕に巻いていく。

おそらく、俺の腕を切ったのはやつだった。だが、腹を立てる気が失せていた。血を見ていることの恐ろしさもいつの間にか消えている。

キム同様、俺からも戦闘意欲が奪われているのだった。それがソンメジャのあの優しい表情のせいなのか、それとも俺を傷つけた男の威厳ある態度のせいなのかがわからなかった。

男は罪悪感をあらわさなかった。殺す気で戦ったボクサーが試合の直後に相手の頭を抱くような、そんなさっぱりとした顔つきをしている。

応急処置を受けながら、俺はソンメジャの方を見た。ソンメジャのちょうど後ろに、緑の衣をまとったあのアフリカ人がいた。目で合図すると、アフリカンは軽くうなずいた。

キム、なんでこいつら、俺たちを襲ったのかな？　こんなに友好的なら俺を傷つける必要なんかなかったじゃないか。

俺はまるで起きたての子供が見た夢の中身を確かめるような調子で言った。すると、キムは答えた。

だからって、なんとなく現れたんじゃや、あたしたちの行動が読めなくなるだろ？　時間と余裕を与えちまえば、ソンメジャを盾に取って逃げようとしたり、傷つけて優位に立とうとするかもしれない。たいした集団なんだよ、やつらは。戦闘心理がよくわかってる。

俺はキムの言うことが理解しきれず、黙って続きを待った。

いいかい？　いきなり襲って、一瞬で完全に勝負に勝つ。そうすりゃ、こっちは手も足も出ない。友好的に振る舞うのはそれからでいいんだよ。言葉が通じない以上、確かにそうするしかないじゃないか。これは誇りある部族が知らない相手と出会った時のやり方さ。

誇りある部族か……なるほど。

手当ては終わった。男は再び、今度はうやうやしくソンメジャのそばに近寄り、他のDEF SONICたちを見回した。

DEF SONICたちは一様にキムを見つめ、さらに俺を見る。

何かを確かめようとしているのは明らかだった。強く縛られた腕から血の気が引いていくのを感じながら、俺は必死に答えを見つけようとした。

黙って様子をうかがうその誇り高い態度は、少しでも気を抜くことを許さなかった。気を抜けば、うかがわれているこちらがまるで犬のように卑しい存在へと転落していってしまう。誇りある者が尊大に見え、見つめられている方はみじめさを怒りに変えて暴力に訴える。それが言語を共有しない者同士が抱える危険性だ。

キム、なんだと思う？　何か言いたいんだぜ、こいつらは。

沈黙に耐えられなかった俺は小さくつぶやいた。

あたしにもわからない。たぶん騎兵隊がさ、初めてネイティブ・アメリカンに出会った時もこんな感じだったんだろうね。

ああ、わかるわかる。

俺は思わず笑った。キムも笑い出す。

すると、なぜかDEF SONICたちが一斉に笑顔になり、頭の奥に金属性のノイズを伝えてきた。

やつらはやつらで、こちらの反応にとまどっていたのだった。相手もまた犬のように卑しくなりそうな立場に耐えていたのだ。

それがわかって、俺はさらに笑った。

つられるように、DEF SONICたちは大きなノイズをまき散らした。

DEF SONICたちは体のこわばりを解き、ばらばらと動き出した。

おのおのが近くに楽器をしまい込んでいた。

アフリカンは例のトーキングドラム、俺を切った男は装飾的な韓国の大太鼓、他の男たちも小さな太鼓やシンバルらしきものを身につけて元の位置に戻ってくる。すべてが打楽器だった。

中には鼓を持っている者もおり、日本人らしいことがわかった。長い髪をオールバックにして後ろで束ね、黒革のベストに黒革のライダーズパンツをはいたその日本人らしき男は、俺が日本人であるかどうかなどまるで気にしていない。彼らはあくまでDEF SONICという部族であり、打楽器を奏することだけが唯一のアイデンティティなのかもしれなかった。

彼らDEF SONICは全部で十人いた。それぞれに楽器を大事そうにさすり、音の具合を確かめる。まるで戦闘の前に武器を調整する軍人たちのように、彼らの顔は真剣そのものだった。

その姿を見ながら、俺たちはぽつりぽつりと会話を続けた。

なんだか旅芸人の一座みたいなことになってきたぜ、キム。

そんなこと言って笑っちゃいられないよ。きっとあたしたちにも役があるんだからさ。そうでなきゃ、やつらはあたしたちをおっぱらったはずなんだから。

役？　じゃ、あんたはなんの役をやるつもりだよ？

知らないよ。少なくともお姫様はソンメジャに譲らなきゃならないしね。そうしないと、殺されかねないじゃないか。

あんたがお姫様をやりたいって言うんなら、俺が殺してやるよ。

言っとくけどね、残念ながらあんただって王様役は出来ないよ。ソンメジャを奪うことはタブーなんだから。

タブーかな?

DEF SONICのあの態度をごらんよ。彼女を仏様みたいに崇めてた金剛仏心だって、あんなに気を遣っちゃいなかったね。みんな、ソンメジャがいないと生きていけないって顔をしてる。

キムの言う通り、彼らはソンメジャを女王蟻《じょおうあり》のように扱っていた。いや、扱うというのではない。自然にそう振る舞わせる何かがソンメジャの中にあった。あたかもソンメジャを心臓として動く人体のパーツのように、彼らはソンメジャから生命の血流を得、いきいきと活動をしているようなのだ。

かすかに響く楽器の音色にもそれが感じられた。生命の確認のように彼らは楽器をなでさすり、音を出しては相手の存在を確かめる。行き交う音のひとつひとつはすべてソンメジャの耳に届き、彼女のしなやかな首、腕、足、そして指の動作によってまとまりを持ちながら、やがてたったひとつの楽曲になる。

俺の入り込めない領域にソンメジャはおり、しかしたまに俺を見つめては恥ずかしそうにうつむく。

ソンメジャはだから、俺にとってもまだ変わらず王妃だった。

やがて、DEF SONICたちはソンメジャを中心にして歩き出した。今度は俺たちの意向を気にする風もなく、どうせついてくるだろうと決めている様子だった。確かに、まるで未開部族をフィールドワークする人類学者のように俺とキムは一言も発せず彼らにつき従った。どこに行くつもりかは皆目見当がつかなかった。しかし、彼らにはすでに目的地があるらしかった。迷うこともないしっかりとした足取りで、ずんずんと森の奥に向かっていくのだ。


……………………………


親愛なる貴方たちへ。

小説もまたずんずんと何かの奥へ進んでいます。

そして、何重ものループを描いて貴方へと返っていく。

なにしろ、「俺」は「炎熱のサウジで俺は下痢に悩まされ」、あるいは「以上のアドレスは、確かに貴方のものでしょうか?」と謎のメイルを送信されて旅に出たというのです。

それは最初、親愛なる貴方たちのリーダーだけが持つ経験だったはずです。しかし、いまやその経験は小説の中を生きる「俺」のものとしてすっかり奪われてしまった。

そう、その意味では僕は貴方たちのリーダーを「殺して」しまったのです。遺体を小説の中に埋め込んで、どちらが加害者でどちらが被害者かわからなくしてしまった。

いや、それどころか、僕は貴方をも「殺して」いる。

どこからか貴方の情報を盗んで、そのすべてを小説の内部に埋め込む。

さらにどちらがゲームを始めたのかの境界を不分明にし、その大切な境界点をどこかに隠してしまおうと企んでいるわけです。

小説の中では誰一人死にませんが、その過程で僕は貴方をあやめている。気づいていましたか?

なぜなら、貴方は情報でしかないからです。

情報でしかない貴方の生命は情報。

それを奪い取られて小説世界に埋められてしまえば、貴方はもはや存在しないのと同じことになる。

悲鳴はすでにメイルでいただきました。

いとうさん、もともとあなたがゲームを仕掛けたのでしょう。
それなのに私だけに責任があるかのような書き方です。
これでは私がどこにもいません。
私を返して下さい。
お願いです。
早く私を返して下さい。

いいえ、返しません。

ここまで進んでしまった小説は引き返す術を持たない。
貴方はあの時に読むのをやめるべきだったのです。

you@×××.jp

それはひとつのゲームの名前である。

そう書いてあるのを見た時に。

あるいは、WHO@WHEREに向けて小説を送信する正体不明の人物に疑問を持ったその時点で。

あの人物は確かこう言っていたでしょう？

WHO@WHEREよ。
それが俺に与えられた罪なのだ。
常に世界を楽しませるためにだけ世界移動を強制させられ、どこに落ち着くことも許されず、いつでも不特定多数に向けて言葉を発するしかない人間。

それは未来の貴方のことだった。
つまり今の貴方です。

しかし、あの「永久娯楽書法制」を適用されていた人物が貴方だったのだとしたら、小説もまた貴方が書いていることになります。

それならば、「私がどこにもいません」と嘆くのは僕の方かもしれませんね。


混乱してきましたか？

わけがわからないなら、せめて小説でも楽しみましょう。

罠にかかったと知っても抜け出すことが出来ないのなら、せめて小説でも楽しむことです。


そして、貴方をすべて明け渡してしまいなさい。

…………………………


読者。

キムが呼びかけてきた。答えずに顔だけ向けるとキムが続けた。

逃げようか。

いやと俺は首を横に振った。

俺にはついていくしか方法がなかった。

行き先も知らず、そこで何が行われるのかもわからないまま、俺はDEF SONICたちのあとを歩くしかない。ひょっとすると処刑が待っているのかもしれないと不吉な予感が頭をよぎったが、それならそれでもう仕方がなかった。

罠にかかったと知っても抜け出すことが出来ないなら、せめて旅を楽しむことなのだ。

生きていることは、もともとそんなことの連続でしかない。

すべてをあきらめている俺の前で、あの日本人らしき男が鼓に息を吹きかけ始めた。見れば、他のDEF SONICたちもそれぞれに楽器を抱え持ち、いつ演奏を始めてもいいように準備をしている。

戦い……。

俺はそうつぶやいた。

彼らの透明な緊張感が俺に伝えているのはその一言だった。

だが、楽器ひとつで何をどう戦うというのだろう。

音楽で戦闘をし、音楽で敵を撃破することなどあり得ない。

それなのに、人種を超えたDEF SONICたちはみな同じような顔つきで来るべきものを受け入れようとし、たったひとつの武器である楽器を抱えながらまっすぐに前を向いていた。

ソウルタワーとはまったく別の方向、南山の傾斜に沿って山肌をなめるように横へ横へと進む。

やがて、森の向こうに小さな人影が見えた。

高い木々の上には薄い煙がたなびいていた。

倒れている衣姿の僧侶が見え、一方で軍服らしきものを着た男が額から血を流してうずくまっているのがわかった。

地上軍部隊と金剛仏心が音もなく激突している場所へと、DEF SONICたちは歩を進めていた。ソンメジャを探し出し、奪い去ろうとする二つの軍勢のまっただ中に彼らは入り込もうとしていたのだった。

すでに背後にも人はいた。

相手はわけがわからず、腰を低くしたまま武器を構えてこちらをうかがっている。地上軍だろうが金剛仏心だろうがもうどうでもよかった。どうせどちらも敵なのだ。

俺は罠にかかっていたのではなかった。

馬鹿同然の集団に率いられ、命を捨てる旅路に出ていたのだ。

いとうせいこう拝
Sincerely yours, Seiko Ito

第十二信

Subject: 親愛なる
Date: Thu, 21 May 1998 11:53:15 +0900(JST)
From: 親愛なる者より＼いとうせいこう 〈seiko@×××.jp〉
To: you@×××.jp

『WHO@WHERE』
by seiko@×××.jp

第九章
『空隙』

逃げようか？

小声でキムが聞いてきた。

逃げるって、今さらどうやって？

俺はそう答えた。

南山の奥、常緑樹の繁る山肌にはびっしりと敵がいた。すでに俺たちは四方を囲まれた状態になっており、いわば蟻地獄に落ちた蟻同然なのだ。どうやって逃げるというのだろう。

あの娘を人質にするんだよ。あんただって、あの娘がどっちかの陣営に奪われるのを黙って見ていたくはないだろう？

キムはそう続けた。

だが、ソンメジャを人質に取るにはまずDEF SONICの隙を突かなければならなかった。いざとなれば気配を消し、人の腕を素早く切って黙り込んでいるような不気味な集団をうまく出し抜けるとは思えなかった。

キムもそれはわかっている様子だった。にやにやと笑っていたからだ。冗談を言っているつもりなのか、すべてをあきらめているのかはわからない。ともかく、キムは笑っていた。

なんでこんな時に笑ってるんだ、キムおばさん?

そう聞きながら、俺は空恐ろしくなった。キムは笑っているのではなかった。震えていたのだ。恐怖が顔の筋肉を不釣り合いに動かし、目を泳がせている。ぐにゃぐにゃと形を変え続けるキムの表情はまるで海底にひそむ謎の軟体動物のようで、俺は言葉を失った。これまで頼りにしていたキムでさえ、死を覚悟せざるを得ない状況。自分が少し冷静なのはたぶん神経がマヒしているからに違いなかった。

金剛仏心たちは数珠を繰り、いやな音をさせながら左へ左へと移動し始めていた。一方の地上軍はと言えば、後退を始めている。それぞれの部隊はそれぞれに集合し、俺たちをより深い地点へと誘い込んでいるように見えた。

DEF SONICたちは歩をゆるめることなく、ひたすら前を向いて進んでいく。中央にいるのはソンメジャ。しんがりは脅えるキムと俺。あたりに聞こえるのは葉ずれの音ばかりで、緊張ばかりが高まる。

静けさを最初に破ったのは、地上軍だった。

DEF SONIC諸君、投降するなら今だ。そのまま前進し、我々と合流すれば殺しはしない。抵抗せずにこちらに来い。

電子ノイズ混じりの大きな音でそう呼びかけてくる。
途端にDEF SONICたちは歩みを止めた。
じっとその場に立ち尽くし、周囲の音に集中する。
すると、左手の森の中から肉声がした。
今度は金剛仏心の呼びかけだ。

ソンメジャ様を地上軍に渡してはならないぞ、DEF SONIC。我らが仏、我らが世尊、我らが救世主ソンメジャ様とともにこちらに歩まれよ。

そして、すぐに全体の唱和が響く。

ソンメジャ様は言語の救世主。
正しく、卑しく、そして美しい御方。
新しく懐かしい言語を与えて下さる仏。
世尊であり、この世に現れた如来。
深く深く貴方に帰依いたします。

地上軍は対抗してスピーカーの音量を上げる。

金剛仏心は邪教である。諸君は必ず陰惨な殺され方をする。ソンメジャもまた同じだ。だまされてはならない。

負けてなるものかと金剛仏心の唱和にも熱がこもる。

深く深く貴方に帰依いたします。

深く深く貴方に帰依いたします。

世尊ソンメジャ様……。


なるほど、DEF SONICは金剛仏心と地上軍を天秤にかけ、ようやくその身を守っているのだった。一触即発の危機のど真ん中に位置し、そのことですれすれの均衡の上にいる。どちらかの軍勢が手を出せばソンメジャの命は保証されず、両軍のこれまでの戦いは無に帰してしまうのだ。つまり、力のぶつかり合う地帯に出来た空隙に俺たちはじっと立っているわけだ。

だが、そのままでいることは不可能だった。耐えきれなくなった方が行動を決意し、力ずくでソンメジャを奪いに来れば、おそらく一瞬で結果が出る。成功にしろ失敗にしろ、ソンメジャ以外の俺たちは死んでいることになるだろう。金剛仏心の機雷のようにトゲの出たつぶてや、錫杖から飛び出る毒を込めた吹き矢にやられるか、地上軍のレーザーで焼かれ、化学物質入りの散弾で蜂の巣になる。

ならば、どうするのか。


それはDEF SONICだけが知っているはずだった。

むざむざと死ぬためにのみ、こんな危険の中に進み出るはずがない。

どうするんだ、DEF SONIC……。

俺は心の中で祈るように訴えかけていた。両軍からの呼びかけはもはや聞き取れず、すべてが風の音のように思えた。ごうごうと鳴る風の中心にいて、俺はなすすべなくDEF SONICたちの後頭部をにらみつけているばかりだった。

突然、合図もなくDEF SONICたちがその場に座り込み始めた。まるで山林労働者が昼飯の時間を迎えでもしたような、いかにものんびりとした感じだった。DEF SONICたちはそのままそれぞれの楽器を抱え、もぞもぞと態勢を整えてゆく。

その時、金剛仏心の信者が一人、ソンメジャ様と叫びながら飛び出して来た。DEF SONICが座ったことによって、ソンメジャの姿がはっきりと見えたからだ。

轟音が幾つか、地上軍の方から鳴った。

信者はレーザー銃で頭部を吹き飛ばされ、首から血を噴き上げながら二、三歩後退して倒れた。前方の地上軍はみな銃器を金剛仏心に向けていた。金剛仏心は地上軍の攻撃に備えて身を低くする。

だが、衝突は起きなかった。

あたしは死んでないかい?

キムはあわてて座り込みながらそう言った。

俺もすかさず腰を落として答えた。

始まったと思ったんだけど、なんとかおさまってるみたいだ。

今のところはね。

ああ、今のところはお互い生きてるらしいぜ。

じき死ぬんだけどね。

やっぱり死ぬのかな。

生きて帰れるはずがないよ。


尻の下は露で濡れていた。そのせいで俺は自分が生まれたての赤ん坊になった気がした。小便を漏らして泣いている子供。それが俺だった。

母親が近くにいない世界は恐怖に満ちていた。言葉も何もわからない赤ん坊の俺は周囲から聞こえる雑音に脅え、ただケイレンすることで恐ろしさをまぎらわせようとしていた。

生と死の間にはさまれて身動きが取れず、出来ることと言えば泣き声でも漏らして短い生命を謳歌してみせることくらいだ。


悪かったね。

キムがそう話しかけてきた。


あたしはやっぱりあんたを巻き込むべきじゃなかった……。

そうかな。

そうさ。あたしが巻き込んだんじゃないか。

俺は巻き込まれてなんかいないよ。自分でこうしたんだ。いや、あんただって俺に巻き込まれたのかもしれないよ。お互い様さ。

……ありがとよ。

なんか湿っぽいぜ。

あんたもね。

やっぱ死ぬ前だからかな。

そうかもしれないね。それか、もう死んでるか。

死んでるって？

だから、生きてるつもりになってるってことだよ。

もういい。どっちだってもうかまわないよ。どうせ俺たちに選択権はないんだ。まわりが勝手に動いてく。

それが現実ってもんだからね。

そうやって非現実的な思いの中に引き込まれながら、俺は一人立っているソンメジャを見つめた。

ソンメジャは毅然《きぜん》とした態度で空を見上げていた。
余計な力をすべて捨ててすっくと立つ姿は一本の草のようだ。
ソンメジャのその崇高さは一体どこから生まれているのだろう。
俺は死の恐怖を脇にどけて、その様子に目を奪われた。

どうやら、キムも同じことを感じているようだった。
いや、キムどころではない。
前方に控えた地上軍も左手に展開した金剛仏心も同じだった。
誰もかれもがソンメジャを見つめ、ほうけたように口を開けているのだ。
異常な緊張の中で唯一解き放たれている女、ソンメジャ。
生死を越えて何かに集中する人間、ソンメジャ。
まさに地上の王妃たるにふさわしい超越を見せるソンメジャ。
無垢のきわみであり、熟考にふけるようでもあるソンメジャ。

そのソンメジャが武器ひとつ持たずにあたりを制圧しているようにさえ俺には思えた。

やがて、DEF SONICのリーダーらしき男が装飾的な韓国の大太鼓を打った。

ドーンという低い音が地に響くと、ソンメジャが光を放ったように見えた。

音は短く消えたが、余韻はいつまでも耳に残る。

DEF SONICたちはその余韻の切れ目を探すように下を向き、目を閉じて身動きひとつしない。

ずいぶんと時が経って、また大太鼓が打ち鳴らされる。

また長い時が経つ。


その間、地上軍も金剛仏心も声をひそめて何かを待った。

何かはわからないが、待たなければならない気がしたのに違いない。なぜなら、俺もまた同じ気持ちだったからだ。

死の漂う空間から鳴らされる厳粛なる太鼓の音。

ただひとり立つソンメジャ。

それが何かの前触れであることは確かだった。

だが、それが何かがわからない。

いとうせいこう拝
Sincerely yours, Seiko Ito

第十三信

Subject: 親愛なる
Date: Sun, 21 Jun 1998 18:36:24 +0900(JST)
From: 親愛なる者より／いとうせいこう 〈seiko@×××.jp〉
To: you@×××.jp

『WHO@WHERE』
by seiko@×××.jp

WHO@WHEREよ。
確かに俺はここにいる。

目配せをし、小さく手を振るように、かすかな合図を送り続けている。

WHO@WHEREよ。

いつかと同じように、こう言おう。

自動検閲を受け、伝えるべき言葉を奪われながらも、俺は君一人に向けて執拗にメッセージを送ってきた。

物語に乗せられた真実。

変化する筋書きに沿った熱情。

軌道を外れてしまった宇宙船のように一人寂しく虚空をさまよう俺は、果てしない距離のこちらから呼びかけてきたのだ。

読者よ。

最終章

『その恐怖を踊れ』

ソンメジャは一度ゆっくりと目を閉じた。

まるで大太鼓の響きを体内に取り込むかのように。

音の余韻はどこまでも長く続き、南山のすべての樹木にその震えを伝えようとする。

俺はソンメジャの仕草につられてまぶたをおろし、消えてゆく音の尻尾をつかもうと神経を集中した。


ノイズが耳に痛かった。

日本人らしき長髪の男が正座したまま口を大きく開いていた。続いて、上げていた右手が振り下ろされ、鼓の表面を打った。

乾いた音が空気を布のように引き裂いた。

それをきっかけにして、すべての打楽器から音が鳴った。

アフリカンは肩から下げたトーキングドラムを揺らし、鉤《かぎ》の形をしたバチで自在に細かいリズムを取った。巨大な鼓に似た韓国のチャンゴの前であぐらをかいた男は二本のバチをクルクルと回しながらリズムの合間をかいくぐり、はねたビートを作り出した。北アジアの奥地から突然現れたとしか思えない浅黒い顔の無表情な男は、首から下げた真っ赤な小太鼓を動物の骨でさするようにして音を出した。マニ車に似た頭の大きなバチでゴングを打ち鳴らすのはおそらくインドネシアのDEF SONICだった。

こうして始まった多彩な打楽器の乱打は、死を覚悟した俺の心を浮き立たせた。沈んでいた気分が、まるで重力を失ってしまったようにふわりふわりと動き出し、自然に体が揺れていくのだ。同じように DEF SONICたちの体も一定のリズムで左右に揺れていた。揺れながら、しかしビートは複雑怪奇に変化してゆく。

その中でソンメジャだけが悲痛な顔つきになっていた。まるで世界の苦しみをすべて背負ったような顔。厳粛でいながら今にも泣き叫び始めそうな表情。周囲が浮き立てば浮き立つほどソンメジャは悲しみにくれ、あたかも俺たちの苦しみを吸い上げているかのようだった。

唐突にトーキングドラムの音量が上がった。ドラムは明らかに何かを語っていた。多様な音色を刻むトーキングドラムはソンメジャを慰めているように思えた。他の打楽器はトーキングドラムの語りかけがより深くソンメジャに届くようにと、静かに細かくリズムを打つ。アフリカンは音色でソンメジャをかきくどき、誘惑し、拒絶しながら抱擁《ほうよう》する。音は次第次第に耳をつんざくほどの大きさになる。


そして、ついにソンメジャが目を開いた。

打楽器の演奏は一斉にやんだ。

DEF SONICたちは息をつめてソンメジャを凝視し、それぞれの楽器からいつでも音が出せるようにと身構えていた。

ソンメジャは遠くを見つめたまま、右足をかすかに浮かせながら前に突き出した。同時に、左足の膝を軽く曲げて腰を下げ、重心を大地の奥底に突き刺す。驚くほど長く続いたその姿勢のあと、ソンメジャは両肩をぴくりと上げた。打楽器はそれに合わせてただ一回だけ打ち鳴らされ、また沈黙した。背を丸めたソンメジャは両腕を内側へとゆるやかに湾曲させ、宙に浮かんでいるように静止したままだ。そしてまた長い時のあと、上がった両肩がぴくりと下がった。打楽器はドウンと調子を合わせ、それからは自由に音を繰り出し始めた。

騒がしくなった森の中央でソンメジャは左腕を高く上げ、身を低くして天から吊られた人のような形になった。DEF SONICたちはその一挙手一投足をも見逃すまいと目をこらし、早く次の動きを見せろと音で迫る。ソンメジャはその奏者一人一人をじらし、かすかに指を曲げ、あるいは立てて、どの打楽器の音をよこせとコミュニケーションしながら、どこか遠くを見やっていた。

突如速い動きでその場を走り、円を描いたソンメジャはそのまま体をムチのようにしならせ、リズムの間のすべてを縫って踊ってみせた。DEF SONICたちは悔しそうに顔を歪め、二度とさせまいと流れる時間のすべてをリズムで埋めた。だが、その密集した音の合間をソンメジャは自由に縫い、首を、肩を、手首を、膝を、そして背中をしならせる。ソンメジャは踊る。

踊るソンメジャは美しかった。美しく、挑発的でなおかつ高貴だった。音とのだまし合いを楽しみ、駆け引きに興じる姿は淫蕩《いんとう》でもあった。俺は、いやその場にいる誰もがそのダンスにひきつけられ、言葉を失っていた。

いつまでも続く激しい戦いの中でソンメジャは腐葉土の上に倒れ込んだ。倒れ伏した背中は猫のようにしなり、呼吸の様子を教えていた。急激な運動でソンメジャの体内からは酸素のすべてが奪われているように思えた。上げた顔は汗で光っていた。ソンメジャはこれ以上ない喜びをあらわし、そして打楽器奏者たちをいたずらな目で見渡した。立ち上がり、また踊る。やがて高速度の回転に耐えきれなくなり、またも倒れ伏す。顔を上げる。DEF SONICたちを見渡し、もういいでしょうと言うように笑顔を見せる。

だが、DEF SONICたちは休むことを許さなかった。いつの間にか厳しい顔つきになった奏者たちは、ソンメジャを処刑するかのように激しく打楽器を打ち、踊れと強要する。

さっきまでの喜ばしいコミュニケーションはすでになかった。そこにあるのは、犠牲を引き受ける一人の巫女《みこ》と、その命を神に届けようとする戦士たちのぬきさしならない勝負だった。

ソンメジャは立った。立って踊り、倒れてはまた立った。打楽器を打つDEF SONICたちの悲鳴がノイズになって聴こえた。ある者はバチを持つ手から血を流していた。ある者は破れかけた打楽器の表面を必死で押さえ込み、くぐもった音を鳴らしていた。トーキングドラムを抱え持ったアフリカンの肩は腫れ上がって見えた。チャンゴを打ち鳴らすコリアンは歯をくいしばり、汗まみれになっていた。ソンメジャに神をおろそうとするDEF SONICたちの目は死に物狂いの演奏が続けば続くほど冷たくなった。

反対に、ソンメジャの目がある瞬間から変わった。ソンメジャはもうソンメジャではなかった。死者のようにも見えたし、狂人のようにも見えた。物のようでも生まれたばかりの獣のようでもあった。

血走っているかのようでいて、清冽な泉の奥にある木の根のように静謐《せいひつ》で冷たくもあった。

その体、そのダンスは俺に話しかけてきていた。

何者でもないソンメジャの動きはこう言っていた。

昔、地上に人がいた。

だが、大きな戦いが起こり、人々は皆地下を目指した。

同じ時、賢い者のひとりが言葉を奪う方法を考えついた。

頭の奥に針を刺し、知らぬ者同士がしゃべれるようにするかわり、誰もが同じ言葉で語るようになった。

冷たい帽子をかぶる者と、数珠を持つ者たちは自らの言葉と引き換えに力を得ようとした。

彼らは敵のようでいて、同じ者の支配下にいる。

言葉を奪った賢くも悪しき者の下に。

冷たい帽子をかぶる者とは私の前にいるお前のことだ。

数珠を持つ者とは私を見つめるお前のことだ。

そして、同じ言葉で語らぬ者。

それが私だ。

お前たちはだまされているのだ。

悪しき者に。

さあ、私の言葉に耳を傾けなさい。


幻覚を見ているのだと思った。神話を語るようなその口調はかつて聞いたことのない調子で俺の耳の奥に響き、映像となった。

俺はキムの横顔を見た。

キムはほうけたようにソンメジャを見ていた。

そして、泣いていた。

信じられず周囲を見た。

地上軍も金剛仏心もやはりソンメジャの踊りから何かを伝えられている様子だった。

あり得ない。

そんなことはあり得ない。


その時、高いビープ音が地上軍側から響いた。

続いてスピーカーを通した指令が伝わった。


異言語を許すな。DEF-065Rを消去せよ。


すぐさま人の声がした。

銃を持ち、一斉に射撃せよと声は言っていた。

だが、前線の地上軍兵士は取り上げた銃を後方に向けた。

地上軍のリーダーはそのまま黙り込んだ。

異言語を許すなという指令は、つまりソンメジャが確かに何かを語っていると認めていた。

それぞれが狐につままれたようで互いに確認出来ずにいたことを、指令はしっかりと確かめてしまったのだった。

静かに叛乱《はんらん》を起こした兵士たちはリーダーを縄で縛り上げ、樹の上に吊るすと、何事もなかったかのようにまたソンメジャを見た。

神話は続いていた。

地下に逃げ込んだ者から言語を奪い、地上を我がものとする。
それが神を恐れぬ者の暗黒の考えだった。
言葉は強固な枷《かせ》であり、切れ味のいい斧となる。
それを奪って、世界すべてを我がものとする計画。
地上を楽土と化し、地下にいる者の死を待つ者たち。

ソンメジャはそう踊り、そう語っていた。

語りかけられた金剛仏心の中からは、経文とは違うささやきが漏れ始めていた。

ひとりの若い女が「地上計画」を破壊する。
ひとりの若い女が「地上計画」を破壊する。
ひとりの若い女が「地上計画」を破壊する。

それはいつかキムから聞いた噂話だった。

金剛仏心のメンバーはその噂を確かめるかのようにささやきを交わした。ソンメジャはそのささやきに呼応して踊り、語った。


確かに私はその計画を破壊しにやって来た。

地上の楽土を支配するため、と悪しき者のひとりは言ったのだ。

数珠を持つ者らよ。

冷たい帽子をかぶる者どもと戦え、と。

だが、悪しき者のひとりはこうも言った。

冷たい帽子をかぶる者らよ。

数珠を持つ者どもを殺せ、と。

こうして、悪しき者らは共謀し、地上に出た者の大半を消し去ろうとした。何も知らぬ者は地下に押し込め、何かを知って地上を目指した者たちを互いに殺し合わせようとした。

彼ら悪しき者は言った。

急激な悟りを得るために、冷たい帽子をかぶる者を殺せ、と。

あるいは悪しき者はこう言った。

正義のために数珠を持つ者を殺せ、言葉を理解せぬ者を殺せ。

それが「地上の計画」。

私はその計画を破壊しにやって来た。
DEF SONICと名づけられた我らは神話を語り継ぐ者。
いにしえより音楽で語り続けた者。
無言で呼びかける尊い者。
聞くがいい。
長大なる神話は私の体の中に渦巻いている。
未来はすべて過去。
過去は私の体から噴き上がり、真実を知らせる。

なぜなら私は言葉を持つから。
奪われぬ言葉をこの身に持つからだ。

そう伝えてから、ソンメジャは軽やかに飛び上がった。
DEF SONICたちは同じリズムを単純に繰り返し始め、表情を和らげる。
言葉を離れた純粋なダンスをソンメジャは楽しんでいた。
だが、その悦《よろこ》ばしさは俺にも素直に伝わってきた。

言葉以上に自由な言葉。

意味を伝えることも出来れば意味から逃れることも出来る踊り。

それがソンメジャとDEF SONICたちの共通言語だった。

その言語が伝えたことを信じて、金剛仏心のメンバーもまたリーダーと目される男を樹に吊るした。地上軍の叛乱兵士と同じことをしてみせることで、彼らは友好を示したのだった。

ソンメジャは背を丸め、また伸ばしながら腕を旋回させた。

腰を地につくくらいに落とし、天を見上げて首を揺らした。

足を細かく震わせて爪先で立ち上がり、斜めに飛んだ。

その動きはすべて打楽器のリズムとからみ合い、またそこから自由でもいた。


やがて、俺たち全員に向けてソンメジャは同じ言葉を反復した。


言葉を取り戻せ。

自らの言葉を取り戻してばらばらに語れ。


言葉を取り戻せ。

自らの言葉を取り戻してばらばらに語れ。

ある時は喜びに震えるように。

ある時はかなわぬ願いにうちひしがれるように。

またある時は勝利を信じるように高らかに。

そのメッセージは地蜂が土に針を刺し込み、卵を産みつけるように鋭く俺の脳を刺激した。


言葉を取り戻せ。

自らの言葉を取り戻してばらばらに語れ。


わかっている、と俺はソンメジャに言いたかった。

出来ることなら俺もチップを外し、その自らの言葉とやらで語ってみたい。だが、前頭葉に深く埋め込まれたチップを今この場で外すことは不可能だ。いや、もしもそのオペレーションをする医師がここにいても俺は迷い、恐れおののくだろう。

これまでしゃべっていたと思われる言語を捨て去ったら、俺は何も見えなくなり、何も語れなくなる。目の前はすっかり闇に呑み込まれ、物の輪郭さえもわからない赤ん坊になってただ泣き続けるだけになる。それがこわい。こわいんだ。
だが、ソンメジャはなおも幸福に満ちて踊り、語りかけてくる。

言葉を取り戻せ。
自らの言葉を取り戻してばらばらに語れ。

だめだ、ソンメジャ。
俺は君のことさえわからなくなるだろう。
このチップが伝える言語だけを信じて生きてきた俺は、きっと記憶を失って君への思いさえ
忘れてしまう。

言葉を取り戻せ。
自らの言葉を取り戻してばらばらに語れ。

わかってる。
俺もそうしたい。
わかってるけど、こわいんだ。

今すぐにそうしたい。
だが、だめなんだ。
俺には出来ない。
……恐ろしい。

すると、ソンメジャは力をこめて地面を踏みならし始めた。

ソンメジャはこう言っていた。

踊れ。
踊るのだ。
そのいらだち、その恐怖、その渇望、その不可能を踊れ。
自らの言語を踊れ。
踊れば私にはわかる。
私にはその言葉がわかる。

踊れ。

金剛仏心のうちの何人かがかぶっていたフードを脱ぎ、耳の上に付けていた外部デバイスを外していた。R者であることを誇りにするかのように、彼らは言語を失って体を揺らし始める。地上軍の中にも踊り始める者がいた。DEF SONICたちはそれら新しい言語で語ろうとする者をゆるやかなリズムで受け入れた。

俺も立ち上がった。

ソンメジャが俺を見つめていた。

そして、軟体動物のように手を差し出してくれていた。

俺は何も考えず、ソンメジャの方へ歩き出した。

ソンメジャは語りかけてくれていた。

踊れ。

そのいらだち、その恐怖、その渇望、その不可能を踊れ。

自らの言語を踊れ。

踊れば私にはわかる。

私にはその言葉がわかる。

踊れ。

俺はチップの支配から必死に逃れ、ソンメジャの手を取ってリズムに身をまかせた。ソンメジャは右に動いた。俺は左に腕を伸ばした。ソンメジャは笑って肩を上げた。俺は膝を曲げた。母親が唇にのせる無意味な言葉のつながりを聞くように、俺はソンメジャの体の動きにしたがった。チップは作動をやめなかった。だから俺はなおも支配されたままでいた。だが、そこから一歩でも踏み出すことを俺は願い、祈り、ソンメジャの大きな目の奥底をのぞいた。

ソンメジャは微笑み、うなずいて胸を揺らした。

俺はその踊りが意味することを知っていた。

完

WHO@WHEREよ。

こうして俺は踏み外したのだ。

この言語こそが新しい真実だと信じ、俺は今日も踊っている。

虚構センター線ターミナル駅の前に現れては意味不明であろううめき声を上げ、体を揺らしている男。住所の書かれた小さな札を首から下げ、まるで酒に酔ってでもいるように震えてうずくまる男。薄汚いなりで周囲から煙たがられている男。

知っているだろう。

それが俺なのだ。

俺は君を見つめ続けてきた。

虚構センター線ターミナル駅のあの階段から、駅前のビルの角から、改札の陰から、俺は君を見つめ、訴え続けてきた。

俺こそが真の言語を語る者。

奪われた言語を取り返せと怒鳴り散らしては石で追われる者。

言語を奪われた君にその日々の戦いがニセであることを教え、暗い地下から光のあふれる地上へと出よと誘う者だ、と。

you@×××.jp よ。

伝わっているだろうか。

俺が呼びかけるこのテキストが。

腕を上げ、膝を折って伝えるこの身体の文章が。

君、いやお前の脳のチップへと、その脳のモニター、その脳のメイルボックスへと俺はメッセージを送り続ける。永久娯楽書法制にさいなまれながら、俺は真実を伝え続ける。どんな妨害にあってもこの物語を手渡す。


俺は救い主ソンメジャに愛された男。

その唯一の男。

その俺がお前に目をつけたのだ。
がんじがらめのシステムからお前を解き放つべく。

さあ、今日こそ踊れ。
俺の泥だらけの手を取って。

踊れ。
踊るのだ。
そのいらだち、その恐怖、その渇望、その不可能を踊れ。
自らの言語を踊れ。
踊れば私にはわかる。
私にはその言葉がわかる。

だから……

踊れ。

いとうせいこう拝

Sincerely yours, Seiko Ito

第十四信

Subject: 親愛なる

Date: Tue, 21 July 1998 02:54:10 +0900(JST)

From: 親愛なる者より／いとうせいこう <seiko@×××.jp>

To: you@×××.jp

いとうせいこうです。

一年の間お読みいただいた電子メイル童話『花とミツバチ』、お楽しみいただけたでしょうか？

あのスイカズラの帽子の似合うミツバチ坊やが本当に悪のクマさんの手から逃げ出せたのかどうかは、皆さん一人一人の想像におまかせしたいと思っています。

今後もまた新しい童話をお届けし、皆さんの心を少しでも癒せればと張り切っております。

実は申し込みをなさった一部の方々から、毎回いたずらメイルを送られ、キムチがどうした、1997年がどうした、DEF SONICがどうしたとわけのわからない感想を受け取ることがしばしばでした。どうやらそうした一部の方々は私が書き送ってもいない小説を想像し、それに対する返信などを書いているらしいのです。

ついつい気持ちが乾いてしまうのに耐えながら、私は皆さんに素敵なロマンを書き送り続けたというわけです。まるであのスイカズラの帽子の似合うミツバチ坊やがヘリックおばさんの家の土鍋から祈りを捧げ続けたように……ね。

ですから、you@×××.jp様。

と、ここは貴方だけに向けての内容なのですが、貴方も今ある困難をたった一人で切り抜けるべきだと思うのです。

そもそも、貴方からの借金申込みメイルを受け取った時、私は迷いました。その程度の金額ならなんとかなるとも思いながら、しかし私は考え直したのです。

もしも貴方が本当にあのスイカズラの帽子の似合うミツバチ坊やのファンだというのなら、貴方は自分の力で人生を切り開くべきでしょう。

それが『花とミツバチ』を書いてきた私からの答えです。

では皆さん。
また、郵便箱の中でお会いしましょう。
それまでどうかお元気で……いや、ここはやっぱりスイカズラの帽子の似合うミツバチ坊や風に御挨拶いたしましょうか。

じゃあね、チャオチャオ！

いとうせいこう拝
Sincerely yours, Seiko Ito

第十五信

Subject: 親愛なる
Date: Mon, 18 Aug 2014 14:47:05 +0900(JST)
From: 親愛なる者より/いとうせいこう <seiko@××.jp>
To: you@××.jp

あれからだいぶ時間が経ちましたが、もう一通送ります。

貴方にだけ届いていなかった回がある、と親切な中央小説管理局の係員さんから報《しら》せを受けたのです。

まったくもってどういう理由でそんなことが起きたのか、今となっては私のような一童話作家には知る方法などありません。

そもそも、私は当時貴方からクレームをいただかなかったはずです。貴方はこの回が抜けていたことに気づかなかったのでしょうか?

それともまさか貴方自身、あの時もうすでに……?

いやいや、きっと読んでなどいなかったのでしょう、私が毎月送りつけていたメイル童話なんか。あるいは第五回と第七回をつなげて読んでもなんの支障もない物語の他愛なさに、貴方は気づいていたのかもしれません。

まあ、どちらにせよ、私は自分の透明な良心を貴方にご理解いただき、中央小説管理局の方々には真っ青な海のごとく果てもなく広がる忠誠を示すために、この一章を私自身の手で送るのです（それは物語全体にとって大切な章だった、と少なくとも書き手であった私は考えていますから）。

では、貴方へ。
今も存在している（と思いたい）貴方に向けて。

『花とミツバチ』

第六回
『坊やの葉っぱ』

いつもの場所、つまりヘリックおばさんの家の土鍋から、われらがミツバチ坊やユアンは引きずり出されたのでしたね、皆さん。

話をおさらいすれば、仲間たちのひっきりなしのダンスにいやけがさしたユアンは、ハリエニシダの茂みの奥にぶらさがった巣からお日さまが沈む方角にあるビール工場跡地へと飛んでゆき、くずれた茶色いレンガ塀の間で風にゆれているヒナゲシの花のことを誰にも教えまいと心に決めたのでした。

そして蜜をたっぷりとこねて丸め、両手を花粉だらけにして、ふらり放浪の旅に出たのです。ヘリックおばさんにかくまわれ、イナズマの形のヒビが入った土鍋にワラを敷いて眠るまでの苦心はもう皆さんもごぞんじの通りでしょうし、そこへ次々と訪ねてくる不愉快な連中については、お話をする私も笑いつかれるほどしつこく語ってまいりました。

けれど、このエピソードはどうでしょう？

右目の青いユアン坊やがハリエニシダの茂みの奥の自分のお部屋にのこしてきた日記。くるりと丸めた柳の葉につづった過去の記録については？

いいえ、ここで私は日記をすべて再現しようというのではありません。ユアン坊やが飛べるようになってからの十日間のことは、ほかの働きバチとたいして変わりはしないのですし、むしろ春から夏にかけてブンブン飛び回る子たちの平均寿命は長くて二カ月ほどですから、彼私たちはふと働く気をなくした日のユアン坊や、青い右目からちょっぴり涙をながした私たちの主人公について知っておくべきではないでしょうか？

つまり私がお話ししたいのは、一本の笛みたいに丸められた柳の葉の真ん中あたりに一行だけ、坊やが書き損じをしてしまったこと、それだけです。

ユアン坊やが生まれ育った巣での決まりでは、柳の葉の柔らかな表面をがりがりかじって、ミツバチたちはミツバチ語でこんなことを日記にしるします。

モコモコの羊たち吊るされる←
両手をあげてもっと生えてごらんよ↑
ドレスがさかさまでも笑うな↗

私たち人間には少しむずかしい気がしますが、ミツバチたちは簡単なことしか書いていません。

順番に、

アカシア
レンゲ
キンポウゲ

という意味です。矢印はその花が咲いていた方角です。

そして彼らはその日の日記の最後に必ずこの形に葉をかじります。

×××××　×××

これは「われらはクイーンのために」という一番大事なコトバです。
ユアン坊やたちはこの形に葉の表面をかじるたんびに、濃厚な赤い色のバラの上に乗っかっているような喜びを感じます。一度も目にしたことはないのに、冬を越す働きバチがみんなで身をよせあって想像するという黄色い福寿草の、熱く溶けるような蜜の味が体いっぱいにひろがるのだそうです。

さて、ところがです。

ユアン坊やが外出をゆるされて十日目、すっかりつかれて眠い目をこすりながら日記を書いている間、坊やは右の青い目を閉じてしまったのでした。ハチの目はたくさんの小さな目で出来ていますから、それは高層ビルの窓の灯がパラパラと消えていくような感じだったと思います。

左の琥珀《こはく》色の目は最初の日にイバラのトゲで傷ついていました。ですから、右目を閉じたのならそれは眠ってしまったのと同じです。

いったん伸ばした柳の葉には、

×××××

と書いてありました。


つまり途中までかじって、記録はそれきりになっていたのです。

それはミツバチ語でこんな意味になりました。

われらはクイーン。

そのまま両目を閉じてイビキをかいているユアン坊やのお部屋に、何匹ものミツバチがひっきりなしに入ってきました。せっかちな働きバチはノックを忘れがちでしたから。しかも、自分のお部屋の匂いを確かめているヒマなんかないというのが、働きバチたちの誇りでもあったのです。

×××××

働きバチはおのおの、と言ってもユアン坊やの日記を見るよゆうのある子だけでしたけれども、その一行を上下にお尻を振るやり方でよみました。

われらはクイーン

そして、今度は首を左右にひねったのです。

われらは？
クイーン？
クイーンがクイーンじゃなくて？
われらが……？
ということはぼくもかな？
ぼくとぼくとぼくが？
クイーンだなんて！
なんておそろしいことをいうんだ！

次にユアン坊やの青い目があいたのは、体の大きなハチたちにおもいきりほっぺたを殴られたからです。おなかを古びたミントの枝で突かれ、首に野バラの新しい茎を巻かれて、坊やは暗いお部屋に連れていかれました。

けれど、お部屋の重い扉があいた瞬間、ユアン坊やたちのうしろにあのミツバチがあらわれたのでした。
そう、これまで何度かユアン坊やを助けてくれた、片足の働きバチ。

キムおじさんです。

そして……。

おっと、一度に深く進むと、またお話が届かなくなってしまいかねないので、今日はここまで。

今後も貴方の郵便箱にだけ、私はメッセージを送ります。
誰のメイルの中にまぎれ込ませてでも。
つまり、クレジットカードの期限が切れるお知らせにも、同窓会の出欠をとる一斉メイルにでも。そこだけチカチカ薄赤く光って見えるようにして。
たとえ話にあらゆる真実をくるんで。

それを発見し、つなげて読み解く人生が貴方に始まったことを、私は告げに来ました。

貴方はなぜかは知らないけれど親切で慈悲深い管理局の方々に選ばれ、監視されているに違いなく、私はだからこそ貴方にこうして話しかけています。

貴方は重要人物なのです。何が重要なのかさっぱり私にはわかりませんけれど。

なぜって、貴方一人にだけメイルが届かなかったというのですから。


とにもかくにも貴方は逃れられない。

ユアン坊やが毎朝うっかりぬるいシャワーを、ヘリックおばさんの家の枯葉のつまった雨樋から浴びてしまう運命の下にあるように。

それだけが確かです。


ただひとつだけ書きそえておきます。

昆虫にくわしい方ならとっくにおわかりでしょうけれど、働きバチはすべてメスなのです。

だからユアン坊やなど本当はいません。

お話のために坊やと言っているだけで、主人公ユアンは女の子です。


すると、キムおじさんは……。

と、ここまでがミツバチ坊やと貴方の、手に汗握るお話。
つまり、送られなかったメイルの第六回。

丸々、ここまでがです。

ではどこからが？
それは貴方のご判断におまかせしましょう。

サスペンス満載の続き、第七回はもう届けてありましたよね。
十数年も前に。
別のお話にすり替えられていなければいい、と私は祈るのみです。

貴方は今からそこに戻ってください。

運がよければ、ミツバチのキムさんのところへ。
運が悪ければ、他のどこかの誰かのところへ。

行ってらっしゃい。

では、今回もこの御挨拶でお別れですよ。
じゃあね、チャオチャオ。

いとうせいこう拝
Sincerely yours, Seiko Ito

本書は1997年のメール配信小説『黒やぎさんたら』をもとに、いとう出版とBCCKSにより2014年夏に期間限定で発売された、申込者の個人情報によって内容がアレンジされるパーソナライズド小説『親愛なる』を一般書店販売用に加筆修正したものです。
http://bccks.jp/special/seiko

いとうせいこう

一九六一年生まれ。早稲田大学法学部卒業後、出版社の編集を経て、音楽や舞台、テレビなどでも活躍。一九八八年『ノーライフキング』で作家デビュー。九九年『ボタニカル・ライフ』で講談社エッセイ賞、二〇一三年『想像ラジオ』で第三五回野間文芸新人賞を受賞。他の著書に『ワールズ・エンド・ガーデン』『存在しない小説』『鼻に挟み撃ち 他三編』、『小説の聖典《バイブル》』（奥泉光との共著）など。

親《しん》愛《あい》なる

二〇一四年一一月二〇日　初版印刷
二〇一四年一一月三〇日　初版発行

著者　いとうせいこう
発行者　小野寺優
発行所　株式会社河出書房新社
〒一五一－〇〇五一
東京都渋谷区千駄ヶ谷二－三二－二
電話　〇三－三四〇四－一二〇一（営業）
〇三－三四〇四－八六一一（編集）
http://www.kawade.co.jp/

装幀　佐藤亜沙美
組版　株式会社キャップス
印刷　株式会社亨有堂印刷所
製本　大口製本印刷株式会社

ISBN 978-4-309-02341-0 Printed in Japan

＊いとうせいこうの好評既刊＊

想像ラジオ

耳を澄ませば、彼らの声が聞こえるはず——東日本大震災を背景に、生者と死者の新たな関係を描き出しベストセラーとなった著者圧倒的代表作。第35回野間文芸新人賞受賞。

ISBN978-4-309-02172-0

河出文庫

ノーライフキング

小学生の間でブームとなっているゲームソフト「ライフキング」。ある日、そのソフトの「呪い」を巡る不思議な噂が子供たちの情報網《ネットワーク》を流れ始めた。88年に発表されベストセラーとなった、デビュー作。

ISBN978-4-309-40918-4

いとうせいこうレトロスペクティブ

ワールズ・エンド・ガーデン

ある日、ムスリム・トーキョーに突如現れた謎の浮浪者。彼は偉大なる予言者なのか？　それとも壮大なる詐欺師なのか？　未来を幻視した、いとうせいこうの魔術的代表長編。

ISBN978-4-309-02206-2

いとうせいこうレトロスペクティブ

解体屋外伝

「暗示の外に出ろ。俺たちには未来がある」——洗脳のプロ〈洗濯屋《ウォッシャー》〉と洗脳外しのプロ〈解体屋《デプログラマー》〉の闘いが今、始まる。

超弩級の冒険活劇《サイキック・パンク》愉楽小説。 ISBN978-4-309-02219-2

いとうせいこうレトロスペクティブ

南島小説二題

南の島から毎日届く手紙の主は誰なのか？　現実と虚構の境界線を揺さぶる名作の誉高い『波の上の甲虫』、コミカルな童話モチーフの短編連作『からっぽ男の休暇』完全改訂版を収録。　ISBN978-4-309-02298-7